Gedankenreise–
Kindheit in Niederbayern

Herzlichen Dank an alle meine Wegbegleiter einer glücklichen Kindheit

Dieter Achtnichts

Gedankenreise-
Kindheit in Niederbayern

Bibliografische Information der Deutschen Nationalbibliothek:

Die Deutsche Nationalbibliothek verzeichnet diese Publikation in der Deutschen Nationalbibliografie; detailliert bibliografische Daten sind im Internet über http://dnb.dnb.de abrufbar.

Copyright © 2016 Dieter Achtnichts- Autor- 1.Auflage
Herstellung und Verlag: BoD – Books on Demand, Norderstedt
Alle Rechte vorbehalten. Das Werk darf, auch teilweise, nur mit Genehmigung das Verlages wiedergegeben werden.
Gestaltung: Dieter Achtnichts
Printed in Germany

ISBN:9783739247854

Vorwort
Meine autobiographischen Erzählungen zeichnen das Bild eines niederbayerischen Dorfes am Beispiel von Vilsheim (14km südlichwestlich von Landshut). Mit meinem Erleben dieses urbayerischen „Biotops" versuche ich, die „Mikrowelt" des Landlebens aus der Sicht eines Kindes zu erfassen. Meine nostalgischen Betrachtungen erinnern daran, wie unbeschwert eine Kindheit ohne die „Segnungen" der modernen Welt war. Kinder durften noch „Kinder" sein und vieles erproben, was heute verboten wäre! Erinnernswert sind die Lebensweise und die Arbeitsumstände in der Zeit nach Entstehung der Bundesrepublik. Noch keine Generation vorher hat einen derartig rasanten Fortschritt erleben können. Ergänzend möchte ich ein treffendes Bild eines „echten Münchners" skizzieren. Als „Ich-Erzähler" schildere ich gefühlsintensiv meine unglaubliche und nicht nachvollziehbare, aber wahrheitsgetreue „Gefangenschaft unter dem Stachus". In „Der Mörder ist immer der Gärtner" erzähle ich fantasievoll, wie wir Gartenbesitzer versuchen, unsere Grünpflanzen vor den „Salatvertilgern" zu schützen und dabei auch außergewöhnliche Jagdmethoden ersinnen.
PS: Einige Namen wurden abgeändert.
„Die besten Geschichten schreibt das Leben"!

Inhaltsverzeichnis

S.7 : „Good Bye" oder ein Besatzungsneger als Melchior

S.16: Kreidezeiten

S.24: Kindheitsspiele

S.31: Naturereignisse und Naturgenuss

S.44: Arbeiten auf dem Bauernhof

S.54: Jagdszenen

S.63: Kirche und Schule

S.70: Dorfleben

S.73: Was ist ein echter Münchner?

S.80: Gefangen unter dem Stachus

S.92: Der Mörder ist immer der Gärtner!

„Good Bye" oder ein Besatzungsneger als Melchior

Als ich ein kleiner Bub, so mit 5-6 Jahren war, haben die Amerikaner weder in Vietnam noch in Afghanistan für ihre sogenannte Ordnung gesorgt, sondern in Bayern, ja sogar im kleinen niederbayerischen Ort Vilsheim. Sie waren damals zwar, wie noch ein Jahr vor meiner Geburt, keine Besatzungsmacht mehr, aber „schützten die freie Welt vor dem Kommunismus". In häufigen Manövern zogen sie in langen Kolonnen auch durch Vilsheim und erregten die Neugier von uns Kindern.
Im Abwiegen von Angst und Neugierde siegte schließlich das Letztere. In einer fast rechtwinkligen Kurve, unten beim Schmied, konnten wir uns hinter einer massiven Mauer verstecken, während nur wenige Meter vor bzw. über uns die Fahrzeuge Steine hoch schleuderten, wenn sie die Kurve nahmen.
So ein Stahlkoloss von Panzer ist ein riesiges Ungeheuer für so einen Zwerg, wie ich es damals war. Schon der dröhnende Lärm ließ mich den Kopf zwischen die Schultern ziehen, als könnte mich das unsichtbar machen.

Aber angezogen haben sie uns doch, die Panzer, Trucks und Jeeps, auch wenn wir gewaltig Schiss hatten. Als ich zum ersten Mal einen Afroamerikaner sah, der für uns damals noch ein „Neger" war (wir kannten ja schließlich einen Negerkuss, den es allerdings nur selten gab), bekam ich einen fürchterlichen Schreck.
Wir Kinder dachten, so ein Neger müsse sehr gefährlich sein, weil er so ganz anders aussah, so kohlrabenschwarz, wie ich mir höchstens den „Sparifankerl" (Teufel) persönlich vorstellte.
Ich hatte deswegen eine „Höllenangst" vor ihnen! Als mein Freund Ingo, der Sohn vom Tierarzt, mit mir am kleinen Brückerl beim Angeln war, fuhr auf der großen Vilsbrücke, die circa 50 Meter entfernt ist, ein Jeep vorbei und hielt an. Zwei Soldaten stiegen aus. Als wir sahen, dass einer ein Neger war, plärrten wir frech und machten Faxen. Die vergingen uns aber urplötzlich, als der Dunkelhäutige winkte und in unsere Richtung ging. Einer von uns beiden löste den Fluchtreflex aus und schon rannten wir Richtung Friedhof und weiter an der Schule vorbei zu unserem Haus. Vor lauter Angst hat sich keiner umschauen getraut, was Ingo zugestanden hätte, da er „Schaumann" heißt!

Unsere Freundschaft wurde durch ein gemeinsames Bad gefestigt: Beim Schmied, unten an der Kurve, hatten wir unseren Schaukampf um ein Zehnerl, zu dem uns der Schmied-Sepp und der Franz angestiftet hatten, von der Schmiede auf die Straße ausgedehnt und den Nahkampf vermeidend, mit Rossballen (Pferdeäpfeln), die man damals noch auf der Kiesstraße finden konnte, gegenseitig bombardiert. Da es auch zu Treffern kam, zierten uns die entsprechenden Spuren. Als meine Mutter uns stinkende Kämpfer sah, steckte sie uns beide in einen großen Waschbottich, in dem noch warme Lauge war. Nachdem wir wechselseitig abgeschrubbt waren, blieb doch etwas haften. Nein, nicht der Geruch, sondern eine lange und innige Freundschaft! So durften wir mit Ingos Vater manchmal mit dessen tollem Auto, einem VW-Käfer mit auf schlaglochübersäten Kiesstraßen über Land fahren, wenn er zu einem Bauer fuhr, um z.B. einem Kälbchen Geburtshilfe zu leisten.
Keine 30 Meter vor der „Amigeschenkekurve" war das Tierarzthaus. Es hatte im 1.Stock einen Balkon. Auf ihm hatten wir am selben Tag beobachtet, wie Panzer vorbeifuhren. Wir hatten Steine geholt und sie in Richtung der

Eisenungeheuer geworfen! Was waren wir doch mutig! Als aber der Neger am Brückerl auf uns zuging, dachte ich tatsächlich, dass sie uns deswegen suchen und mitnehmen wollten. Die Angst verging aber bald wieder.

Wir haben dann schnell festgestellt, dass uns die Soldaten nichts tun wollten, unsere Ex- Besatzer. Im Gegenteil: Dort an der Kurve mussten sie langsamer fahren. Dabei regnete es wahre Raritäten aus den Fahrzeugen. Wie im Schlaraffenland flogen schiere Wundersachen zu uns herab:

Corned Beef, Milch und Zucker in „Staniolstaritzen" (Alutüten), sogar Schokolade und die begehrten Chewing-Gums, die heute so allgegenwärtigen Kaugummis.

Ich, als ein Kramerbub (Sohn des „Kolonialwaren-Händlers"), sozusagen an der Quelle, hatte aber nie so einen rätselhaften und deswegen heißbegehrten Genusserzeuger bekommen. Es war wohl auch besser so. Hätte mein Vater einmal nachgegeben, hätte es ihn sicher sehr genervt, bei der „Wuislerei" (lauten Bettelei), die dann jeden Tag eingesetzt hätte.

Deswegen ist aber einmal etwas sehr Eindrucksvolles passiert. Ich habe bis jetzt noch

ganz deutlich vor mir, geschmacklich, aber auch gefühlsmäßig. Vor unserem Geschäft, neben einem Automaten habe ich ihn gesehen: Rosarot und einladend ist er vor mir im Sand gelegen und hat mich angelacht.
Schnell abgewischt und rein in den Mund! Hmm, hat der gut geschmeckt! Leider ist mir der Appetit aber schnell vergangen, weil mein Vater das beobachtet hatte. Da hat es aber gestaubt auf meiner sowieso schon ziemlich abgenutzten Lederhose.
Ich weiß heute nicht mehr, wie wir darauf gekommen sind, dass der Ami- Segen noch ergiebiger sprudelt, wenn man den, gegen die Winterkälte wild vermummten Soldaten auf den Fahrzeugen ein Zauberwort zuruft, ein Sesam-öffne-dich: „Good bye!" Heute weiß ich, wie man das Wort schreibt und was es bedeutet. Aber damals wusste ich nicht, dass es Englisch ist und erst recht nicht, dass Amerikaner Englisch reden. Da hätte ich höchstens gemeint: „Ein Amerikaner ist natürlich so ein kleiner, runder Kuchen, den es beim Münchsdorfer Bäcker gibt!", und das war etwas, was für unsereins zu teuer war, außer zu einem Festtag. Für mich hat es, genauso für meine Schwestern, ein Keil Brot mit

selbstgemachter Himbeermarmelade auch getan. (Wir sagten Mamalad, obwohl das Gegenteil nicht Papalad heißt!) So ein Brot wurde meist auf dem Weg zum Fußballplatz verzehrt, was meinen beiden Tanten, Agnes und Rosl gar nicht gefiel, da sie glaubten, ich müsse das am Küchentisch tun. Ich habe aber nie eingesehen, warum es während des Laufens in der frischen Luft nicht besser schmecken sollte. Vielleicht wollten das meine Eltern so, weil es doch heißt: Gegessen wird, was auf den Tisch kommt!

„Good bye, good bye!" und schon sind sie freigebiger gewesen, die Soldaten, besonders die Neger, wie sie für uns damals noch zeitgemäß bezeichnet wurden! Mich haben die Neger (sprich: Nääga) ans Kripperl erinnert, das zu der Zeit, es war kurz vor Weihnachten, drüben in der Kirche ganz liebevoll aufgebaut war. Einer von den Heiligen Drei Königen, der Melchior (oder war es der Balthasar?), war nämlich auch so schön schwarz. Der Kaspar hat es meiner Meinung nach auf keinen Fall sein können. Der Name hätte ja viel zu bayerisch geklungen und ich habe immer an Kasperl denken müssen, was auch nicht gepasst hätte. Einmal ist mir ein Soldat aufgefallen, der hat genauso ausgesehen, wie der

„Geldneger" vorne am Opferstock, nur, dass der nicht jedes Mal mit seinem schwarzen Kopf genickt hat, wie jener in der Kirche, wenn man einen Pfennig eingeworfen hat. Es wäre ja auch zu viel von ihm verlangt gewesen, wo er doch in einem Jeep gelegen ist, mit einem blütenweißen, riesigen Kopfverband. Vielleicht ist der mir auch nur deshalb so weiß vorgekommen, weil sein Gesicht so tiefschwarz geglänzt hat, während das Weiß der Augen herausblitzte.

Also nochmal, so ein Neger, für mich sozusagen ein Weiser aus dem Morgenland, war besonders spendabel, wenn wir Buben freundlich hinauf gegrinst und natürlich „Good bye" geplärrt haben. Vielleicht haben Sie sich auch gefreut, dass wir Jungbajuwaren so lerneifrig waren und schon Englisch parlierten oder es war das Heimweh, das sie bei den heimatlichen Lauten als Kinderkehlen überfallen hat! Es kann aber auch ganz einfach das Mitleid mit uns zaundürren Buben gewesen sein, als wir so hungrig und geschenkeheischend zu den Fahrzeugen hinaufgeschaut haben. Hauptsache war, dass wir sie gekriegt haben, die wundervollen Sachen. Es war eine echte Weihnachtsbescherung, wenn man so kurz vor dem Fest seine zusammengeklaubten Schätze stolz anschauen konnte und uns war es egal, dass die Raritäten am Fest des Friedens aus Kriegsmaschinen stammten. So manchem Industrieboss ist es ja auch egal, wenn das Geld für wertvolle Weihnachtsgeschenke zum Teil aus dem Verkauf von Waffen an Entwicklungsländern her stammt. Ja, zum Schluss, will ich jetzt endlich erzählen, wie mir die Geschichte wieder eingefallen ist. Als ich in der Schule einen Satz im Englischunterricht lesen ließ, da hörte ich es auf einmal, von der Vroni ihrer hellen Kinderstimme und es traf mich wie ein Schlag: „Good bye"! Und gerade als wäre es erst gestern gewesen, war ich wieder ein kleiner Bub, der seinen Opa zu einem lauten Lachen brachte, als sich folgendes zutrug: Als ich mich einmal nicht alleine zur „Wunderkurve" runter traute, habe ich mir die schützende Hand von meinem Opa Richard ausgeliehen. Als ich stolz auf die vorbeiziehenden Kolonnen zeigte, wollte ich meinen Sachverstand dadurch beweisen, dass ich mit unserem Zauberwort angab: „Good bye, good bye"! Beifallsheischend schaute ich zu Opa hinauf. Weil er nicht sofort reagierte, hakelte ich sofort nach: „Gell, Opa, ich kann vei scho (aber schon) gut Bayerisch?"

Mit Opa Richard und meinen Schwestern Anita und Gisela

Kreidezeiten

Ist es wirklich schon so lange her oder war es erst gestern, dass ich als aufgeregter Erstklassler mit drei Spezeln (Freunden), dem Ingo, dem Sepp und dem Albert (mehr Geschlechtsvertreter waren wir nicht) in einer alten, ziemlich ramponierten, mit runenähnlichen Einkerbungen geschmückten und geheimnisvoll nach unbekannten Schulabenteuern riechenden Schulbank gesessen bin und mit einem unfreundlichen Griffel, verbissen auf eine gequält aufstöhnende Schiefertafel gekratzt habe? Wenn ich gerade daran denke, höre ich dieses durchdringende Geräusch so deutlich irgendwo zwischen Scheitel und Steißbein, dass es mich beutelt und jetzt noch ein kalter Schauer den Rücken hinunter läuft. Ich rieche aber auch etwas, eine Mischung von Gerüchen, die es nur damals gab und welche einmalig ist: Der geölte Holzfußboden, undefinierbare Essenzen in den Rillen der Schulbänke, von Generationen von Ex-Alphabet-Lernern hinterlassen, Furzabgase, heimlich und möglichst geräuschlos entlassen, die nicht besonders zum Duft der Marmeladenbrote passten, welche für einen heimlichen Zwischenhungerbiss unter der Bank bereitlagen, saure Schweißnuancen, welche aus tagelang nicht gewaschenen Socken und Unterwäsche entwichen und als Sahnehäubchen schließlich ein feiner Seifengeruch, der mich damals erotisch animierte und von meiner Lehrerin, Fräulein Glager stammte, mit der mich eine Art von Hassliebe verband.

Liebe, weil mich nach ihren lobenden Worten, welche rar waren, dürstete und Hass, weil sie meine Bemühungen um Aufmerksamkeit meist mit Schmerzen belohnte. Als ich meine Mitschüler dadurch zu beeindrucken versuchte, dass ich mich hinter der schiebbaren Tafel versteckte und Piepgeräusche machte, wenn das „Frein" (Fräulein) redete, hatte sie die Quelle des daraufhin entstehenden Gelächters bald entdeckt. Sie zog den Störenfried an einem Ohr hervor und griff mit der anderen Hand zum Tatzensteckerl (spanisches Rohr), das stets griffbereit auf dem Pult lag und auch als Zeigestab benutzt wurde, aber nun bestimmungsgemäß verwendet werden sollte. Das Steckerl pfiff mit einem kurzen Sirren durch die Luft und verursachte ein heißes Brennen und einen lauten Schrei.

Als die gerechtigkeitswaltende Ordnungshüterin zum 2.Streich ausholte, verlieh mir der höllisch brennende Schmerz die nötige Kraft, um meine Hand aus der seifeduftenden, aber unerbitterlichen Umklammerung ihrer strafenden Lehrerinnenhand zu ziehen. Es zischte wieder und ein Schrei ertönte, aber nicht von mir, sondern aus dem Mund der „Einmaleins-Domteuse", die sich auf den Oberschenkel geschlagen hatte. Sie verschaffte sich Genugtuung und kühlte ihren Schmerz dadurch, indem sie mich über das Knie legte und mein zartes Sitzfleisch mit einigen kräftigen Hieben des Steckerls bedachte.

Heute ist mir klar, warum ich mich oft etwas traute, was den Mitschülern imponieren sollte. Mein Vater stammte aus Schlesien. Obwohl meine Mutter eine bayerische Bauerntochter war, blieb ich für die anderen Dorfkinder ein „Flüchtlingskind", was ich gelegentlich unangenehm zu spüren bekam. Heute kann ich mich allerdings besser in die missliche Lage von Flüchtlingskindern aus Kriegsgebieten hineinversetzen und weiß wie schmerzhaft dieses „Nicht-dazu-gehören" sein kann!

Mit meinem „Varecktsein"(gewieft, lausbübisch) und meinen fußballerischen Leistungen versuchte ich, mein Ansehen auszugleichen. So war ich einer der wagemutigsten, wenn es irgendwo

etwas zu krampfeln (klauen) gab, z.B. Haselnüsse vom Pfarrer Bub, der sich so herrlich aufregen konnte oder gar leckere Erdbeeren aus dem Bestand meines eigenen Opas, der mir aber schnell auf die Schliche kam, mir aber erstaunlicherweise schmunzelnd verzieh!
Nun, heutzutage sind die Schulkinder da besser dran. Nicht, weil sie solche erzieherischen Hilfsmittel nicht mehr spüren dürfen, sondern weil es kein Schiefertafelkratzen mehr gibt, was ihnen Neurosen verursachen könnte! Es gibt nur noch butterweiche, geräuschlose Filzstiftstriche und sanfte Tintenflecken und die sind gleich wieder verschwunden mit einem Tintenkiller, der nach Himbeeren schmeckt und zu dem es ein Fußballerstar-Abziehbild gratis gibt.
Das ist eben der Fortschritt, aber den kann man nicht aufhalten!
Ja, ich bin auch froh, dass sie vorbei ist, die Federhalter-Zeit einer Schulbubentage, zumindest meistens. Denn ganz hat sie mich nicht ausgelassen, die Schule! Warum habe ausgerechnet ich, der verrückteste Lauser und reinste Nichtsnutz, wie mein Fräulein immer geschimpft hat, ausgerechnet Lehrer werden müssen?

Als ich im Klassenzimmer stand, war ich recht froh, dass ich schön weich und lautlos mit einem Faserschreiber über die Folie vom Tageslichtschreiber fahren konnte. Als ich noch im Dienst war, brauchte ich sie aber doch noch, die altbewährte Schultafel. Dann packte mich immer wieder das altbekannte Gefühl meiner „Tatzensteckertage", wenn ich mit der Kreide unschuldig weiße Buchstaben auf die Tafel malte. Unschuldig waren sie, weil sie ja nichts dafür konnten, dass sie immer noch ein bisschen verkraxelt aussahen.
Ja, der Lehrerberuf hat schon auch seine schönen Seiten, nicht nur wegen der bekanntlich so zahlreichen und immer wiederkehrenden Ferien! Er war für mich auch so eine Art von Jungbrunnen!
Von Zeit zu Zeit wurde ich in die Kindheit zurückversetzt und ich kam fast ins Träumen, bis mich das nächste Kratzen der Kreide wieder in die Wirklichkeit zurückgeholt hat. Ja, die „Kreidezeit" war wirklich eine schöne Zeit! Ob die „Filzstiftzeit" auch so schön ist? Sicher nicht für mich, weil die Erinnerung alles verklärt, aber heutige Schulkinder werden sie in einigen Jahrzehnten sicher auch „echt geil" finden!

Von der Schule zu unserem Geschäft auf der anderen
Straßenseite der Kiesstraße (Schwester Gisela)

Schwestern, Vettern und Basen

Oben: Albert, Sepp, Ingo Schaumann, Frl. „Glager". ich

Vom Zieglberg aus, hinten: „Henneweiher" und Kapfing-
unten: Gasthaus Stadler, „Kolonialwarenhandlung Brummer"

Opa Richard, Oma Elise

Kindheitsspiele

Beginnen möchte ich natürlich mit dem Anfang, mit meiner Geburt am 20. Februar 1949 in meinem Elternhaus in Vilsheim. Mit Hilfe der Hebamme erblickte ich in der späteren Küche das Licht der Welt. Meine Mutter, die Lisl, wie sie alle nannten, wohnte dort mit ihren beiden Tanten, Rosl und Agnes und hatte in einen Raum zur Straße hin einen sogenannten „Kramerladen" eröffnet. Dort konnten die Dorfbewohner genauso wie in drei anderen dieser typischen Einkaufsmöglichkeiten für die Einheimischen alle möglichen Dinge des täglichen Gebrauchs besorgen. An Ladenschlusszeiten hielten sich dabei wenige. Wenn man am Sonntag schon in der Kirche war, warum sollte man sich denn dann nicht etwas beim Kramer mit Waren versorgen, die einem noch schnell einfielen oder wofür sich der Weg von einem der Einödhöfe und Weiler ins Dorf nicht extra lohnte. Gelohnt hat sich für meinen Vater Herbert der Weg von Landshut nach Kemoden jedoch schon! Im 2.Weltkrieg hatte er sich zur Waffen-SS gemeldet und wie durch ein Wunder diesen Menschenfresser überlebt. Vom Kaukasus aus hatte er sich vor den Russen zu den

Amerikanern gerettet. Am Landshuter Bahnhof wurde er aus der Gefangenschaft entlassen. Bauern aus der Umgebung nutzten dies und suchten sich billige Arbeitskräfte. Als Herbert als Knecht beim Aigner in Kemoden anfing, fiel er ihr wohl durch seine fröhliche Art auf, wenn er zum Beispiel mit seinem Ochsengespann Mist ausfuhr und dabei laut sang. Bei den ortsüblichen Treffen lernten sie sich kennen und lieben. Herbert fuhr aber bald ins Ruhrgebiet, um zu arbeiten und Geld zu verdienen. Er war gelernter Bergbauschlosser und schaffte deshalb als Kumpel unter Tage. Nun bewies sich die Energie, mit der meine Mutter stets ausgestattet war. Obwohl sie es vorher nicht einmal bis München geschafft hatte, sagte sie ihren Eltern, sie müsse eine Cousine besuchen. Dann reiste sie mit dem Zug durch drei Besatzungszonen bis nach Essen und zu ihrem Schatz. Dort erklärte sie ihm kurzerhand:" Komm mit mir! Jetzt wird geheiratet!" Herbert wurde Kaufmann aus Leidenschaft und erweiterte den Kramerladen in mehreren Umbauten zu einem großen Edeka-Markt. Dort konnte man fast alles kaufen: Auch ich sollte im Laden mithelfen. Ich hatte es aber „dick", wenn ich dort sein sollte. Auch musste ich immer alle höflich grüßen, was mir bei einigen Raatschweibern oder Suffköpfen schwer fiel. Noch unangenehmer war es für mich, wenn ich Kartoffeln aus dem Sack kiloweise in Papiertüten, sog. „Staritzn" abwiegen musste oder noch schlimmer, wegen des ekelerregenden Geruchs, schwarzpulvriges „Saupech" in Dreicksstaritzn! In dem Haus wurden auch noch zwei Flüchtlingsfamilien zwangseinquartiert. Alle benutzten das „Plumpsklo" und auch die Küche und den Waschraum wohl gemeinsam. Genau weiß ich es nicht, aber an den Gestank kann ich mich gut erinnern und auch daran, wie das übervolle Depot mal geleert wurde. „Gegessen wird, was du dir auf den Teller geholt hast!", war ein Erziehungsgrundsatz. So dauerte bei mir das Essen oft sehr lange. Werktags war das nicht so, weil ich mir oft nur schnell ein Marmeladenbrot schmierte und damit Richtung Dorf, z.B. zum „Schwager" verschwand, wo wir in der überdachten Hofeinfahrt auf dem festgefahrenem Lehmboden gerne schusserten. Dabei gab es schöne, verschiedenfarbige und -große Murmeln („Arban") zu gewinnen oder zu verteidigen. Mit dem abgewinkelten Zeigefinger wurde der Schusser ca. im Abstand von 3-4m möglichst in oder nahe an eine 7-10cm breite Kuhle im Boden geschubst. Der Nervenkitzel, der entstand, wenn der Schusser den Finger verließ und auf das Ziel zurollte, erinnert mich an das tolle Gefühl, welches ich heute beim Fußballgolf habe. Dabei weiß ich auch nie sicher, ob der Ball macht, was er soll oder ob er mir wieder mal kein „hole in one" beschert oder gar im „Raff" (langes Gras) oder in einer Sandkuhle landet! Auf dem Anwesen wurde auch „Versteckerl" gespielt, wobei es oft lange dauerte, bis man gefunden wurde. „Hinter mir, vorder mir, links und rechts guits ned (gilt es nicht)!" wurde laut gerufen und dann bis 50 gezählt. Danach suchte man und wenn jemand gesehen wurde, lief man zum „Anschlagen", z.B. am Baum in der Hofmitte zurück. Ich hatte mich mal mit Ingos Schwester Elke und der Schwager Elfi auf dem Heuboden versteckt und dabei wohl undeutlich, aber noch erinnernswert, erste erotische Gefühle verspürt, was wohl am aromatischen Heugeruch gelegen ist. Günstig war auch, dass der Fußballplatz, mein Lieblingsaufenthaltsort, nur ca. 50m entfernt war. Dort spielten wir oft nur zu zweit, abwechselnd Torwart und Schütze. Wenn man immer wieder den entgegegenrollenden Ball vom Sechzehner aus ins Tor drischt, auch mit links oder aus der Luft, erhält man eine Grundvoraussetzung, um ein Torjäger zu werden. Beim Schrafstetter Sepp im Garten gab es je zwei Obstbäume, welche in einem Abstand von zehn Metern ungefähr fünf Metern auseinanderstanden und zwei Tore bildeten. So konnten wir nicht nur schießen, meist mit einem leichten Gummiball, sondern uns auch als Torwarte üben. Das Üben hat Früchte gezeigt. Mit 18 spielten wir beide in der Auswahl „Vils" gegen „Isar". Ich erinnere mich auch noch undeutlich an das „Prackeln", wobei Metallscheiben mehrere Meter weit auf ein Ziel hin geworfen wurden und ans „Pickeln", bei dem dies mit einem angespitzten Stecken geschah. Es musste auf jeden Fall mit einer bestimmten Technik genau gezielt werden. Spiele, bei denen auch Mädchen mitmachen durften, waren Völkerball und „Blinde Kuh", wobei man ganz „unbeabsichtigt" auch mal Körperkontakt „ergreifen" konnte. Seine Beliebtheit testen konnte man, wenn man „Kaiser, wieviel Schritte darf ich gehen?" spielte, da einen der „Kaiser" auch zurückschicken konnte. Beim „Ochs am Berg" kam es darauf an, in der Zeit, in welcher der Ochs seinen Spruch schrie, möglichst weit zu laufen, aber sich von ihm beim Umdrehen nicht in der Bewegung erwischen zu lassen. Dann musste man wieder zurück! „Fürchtet ihr den Schwarzen Mann?" spielte ich gerne, da ich recht flink war. „Nein, nein, nein!" antworteten wir. „Wenn er aber kommt?" fragte dieser. „Dann laufen wir davon!", plärrten wiederum wir. Wer gefangen wurde, wurde zum Fänger, bis der Sieger übrig blieb! Sich reimende Sprüche waren beliebt! Beim Schlittenfahren rief man: "Aus da Bo, wer ned doppelt scheißn ko!" (Aus der Bahn, wer nicht doppelt sch… kann!", beim Abzählen: "Ene, mene, muh und raus bist du!". Ich mochte auch den Abzählreim: Eine alte Frau frisst Rüben, eine alte Frau frisst Speck. 1,2,3 und du bist weg!" Gegen Langeweile, die es aber selten gab, spielten wir z.B. auch: "Ich sehe was, was du nicht siehst und es ist…!". In unseren Kindertagen gab es täglich genügend Gelegenheiten zum Lernen, vor allem beim Sozialverhalten. Wir stritten häufig, oft lautstark mit deftigen Schimpfwörtern, wie „bläde Sau" und anderen zweckentfremdeten Tiernamen und zitierten auch eifrig das „Götz-Zitat", aber schnell vertrugen wir uns auch wieder. Es sah wohl jeder ein, dass es nichts brachte, wenn man die „beleidigte Leberwurst" spielte?

Von l.: Oma Elise, Tante Hannelies mit 4 Kindern, Mutti, Opa

Wir vier (mit dem Nesthäkchen Elvira) vor dem Geschäft

Naturereignisse und Naturgenuss

Als einmal an einem schwülen Sommernachmittag ein Gewitter aufzog, stand ich neben unserem Haus in der Hofeinfahrt. In der circa 70m entfernten Baumreihe hinten im Garten schlug der Blitz in der rechten hohen Fichte ein und... ich wurde von dem Luftdruck einfach umgeweht! Sehr eindrucksvoll waren für uns Kinder auch gewisse Naturereignisse, z.B. die Macht des Wassers. Im Frühjahr erzeugte der reichlich gefallene Schnee Jahr für Jahr Hochwasser. Von der Kreuzung beim Schmied reichte es 50 Meter bis halb zu uns herauf. Die Vilsbrücke und die Wiese vom Bäcker und vom „Bader" über den Vilssteg waren dann überschwemmt.

Mitte: Vilssteg, rechts: Straße mit Brückengeländer, „Bader"

Links und rechts der Vils bis in den Hof vom Dietl stand alles unter Wasser. Autos konnten nicht mehr fahren und ein Sautrog diente zur Fortbewegung. Für uns war dies ein Spektakel. Anscheinend war damals das Wetter noch extremer! Im Winter lag noch wesentlich mehr Schnee. Nach Kemoden und Kapfing gab es Hohlwege, die dann manchmal meterhoch zugeweht waren. Jedes Haus musste eine Person stellen, die Straßen wieder freizuschaufeln. Mit einer Minischaufel half ich kräftig mit und saugte auch begierig die Gespräche und auch manche Kraftausdrücke auf, die nicht für Kinderohren bestimmt waren, aber dafür gründlicher haften blieben. Besonders krass finde ich es heute, wenn der „Bucklmo" laut fluchte: „Kreuz Kruzifix, steig owa (herunter), wenn´st kannst, Ognagelter! ", wenn der Pfarrer unten auf der Straße vorbei ging. Es gab auch noch den „Hintermo" und den „Gartenmo".

Zum Thema Winter fällt mir auch der „Wirtsweiher" ein, der etwas tiefer gelegen zwischen Fürmetz, Bäck und Schmied im Winter zum Schlittschuhlaufen diente und den Großen zum Eisstockschießen. Heute steht dort eine Apotheke. Schlittschuhe gab es damals zum

Anschrauben mit einem kleinen Schlüssel. Man nannte sie deshalb auch „Steckereißer" (Absatzabreißer), weil sie manchmal den Absatz abbrachen. Ich hatte sie mir sogar einmal an die Gummistiefel geschraubt! Meist spielten wir am Kapfinger Schlossweiher Eishockey. Dazu schnitzte ich mir aus einem L-förmigen Ast einen Schläger. Später hatten wir auch gekaufte Holzschläger und einen Gummipuck. Deshalb wollte wohl keiner gerne ins Tor gehen, weil dieses Gummigeschoß am Schienbein heftig schmerzte. Nach kurzer Zeit war ich damals völlig durchgeschwitzt und lief nach Stunden wieder nach Hause. Krank wurde ich wohl nicht!

Von dem ehemaligen Wassergraben des Schulschlosses war neben der Schule ein kleiner, schlammiger Bach übriggeblieben. Von der Wiese das Schulhofs gab es dorthin einen steilen Hügel, der uns, ebenso wie der flachere am Schulweg davor, der dem Nachbarn, dem Mesner Fürmetz Sepp gehörte, als „Schlittenberg" diente und eifrig genutzt wurde.

Manchmal träume ich davon, dass ich von dort aus, ohne in den Bach zu fallen, mit ausgebreiteten Armen bis zum Bader auf der anderen Seite fliegen kann. Ein tolles Gefühl!

Zum Skifahren ging es zum „Zieglberg". Dabei hatte ich die Ski bereits auf dem Weg dorthin an. Sie stammten noch vom Großvater Kasper, der sie selber angefertigt hatte. Sie hatten einen aufgedrehten „Schnabel" und eine Riemenbindung. Aus naheliegenden Misthäufchen bauten wir eine Sprungschanze. In „Max-Bolkart-Manier" sausten wir mit ausgebreiteten Armen darüber und erreichten Weiten von ca.10m. Als mir dabei ein Ski vorne abbrach, machte ihn Papa mit einem darübergeschraubten Holzstück wieder mehr oder weniger funktionsfähig. Im Sommer war das Wäldchen am Zieglberg für uns ein Abenteuerspielplatz und hatte etwas Verwunschenes. Die beängstigende Aura hat mich gelegentlich auch jahrzehntelang im Traum verfolgt. Als ich später einmal dort war und auch an der Vils, die heute nur ein schmales und seichtes Bächen ist, fiel mir auf, wie klein und überschaubar doch diese Welt ist. Für uns war sie zu Kinderzeiten „riesengroß" und geheimnisvoll! Der Fußballplatz war einmal halb überschwemmt und der „Haltl-Lepp" vom Gemeindehaus erspähte im Graben daneben einen Riesenkarpfen, den er nur mit meiner Hilfe herausheben konnte. Für seine Familie war dies ein willkommener, weil sonst unbezahlbarer Festtagsbraten.

Damals war es auch noch selbstverständlich, dass man sich aus der Natur mit Essbarem versorgte. Jeder hatte einen mehr oder weniger großen eigenen Garten, in dem es die verschiedensten Gemüse- und Obstsorten gab. Auch die zahlreichen Wälder in der Umgebung lieferten Leckereien, wie Walderbeeren, Himbeeren (Moiwern) und Heidelbeeren (Eiglbirl). Die wohlschmeckenden Früchte landeten nicht nur im umgehängten Plastikkübel, sondern auch in unseren Mündern. Fleischige Inhalte wurden ignoriert, da wir damals noch mehr als heute „Allesfresser" waren und gewiss nicht „hoaklig" (heikel).

Steinpilze und Reherl (Pfifferlinge) gab es noch reichlich und wir Kinder kannten genau die erfolgversprechenden Plätze.

Unter einer alten ausladenden Eiche am nahen „Henneweiher" lagen im Spätherbst Eicheln wie hingestreut. Sie riefen förmlich danach von unseren Kinderhänden aufgesammelt zu werden. Für einen Zentner bekamen der Sepp und ich einige Zehnerl. Da wir mehrere sammelten, war dies schon fast ein bescheidener Reichtum. Eine der köstlichen Mohnsemmeln kostete fünf Pfennig und schmeckte einfach köstlich. In meiner Erinnerung fast wie „göttliches Manna"! Fichtenreiser und kleine Äste wurden gesammelt und zuhause auf einem „Hackstock" mit einem scharfen Beil in handliche Stücke zerlegt. Eine sogenannte „Wiedmaschine", ein Eisengestell, das oben einen beweglichen Bügel hatte, mit dem man die Holzteile zusammenpressen konnte, half dabei, runde Päckchen (Wiedbirl) zu fabrizieren, die dann trocken gelagert wurden, so dass immer Brennmaterial zum Anheizen zur Verfügung stand.

„Butzkühe" (Fichtenzapfen) waren auch eine gute Anheizhilfe für die Hausfrau, welche noch ohne Elektroherd kochte. Die Eisenplatte hatte verschiedengroße Ringe, die einzeln abgenommen werden konnten. Das Anheizen war eine allmorgendliche Prozedur, die beherrscht sein wollte. Dabei musste man die Zugluft mit einem Schieber genau regulieren. Dann brannte und knisterte aber den ganzen Tag über das Feuer und wärmte nicht nur das Zimmer, sondern wurde zum Kochen benutzt. Seitlich war das „Grandl", der Warmwasserbehälter, wo immer heißes Wasser zur Verfügung stand.

Heißes Wasser wurde auch für die mühselige Arbeit des Waschens benötigt. In einem großen Kessel mit einem Durchmesser von einem Meter konnte man unten einheizen und so das Wasser erwärmen. Das Spülen und Auswringen war allerdings schwere Handarbeit. Später hatten wir aber eine elektrische Schleuder, welche dieses Trocknen mit einem Mordsgetöse erledigte. Das Grandlwasser wurde auch zum Abspülen benutzt, was in einer großen Blechschüssel erledigt werden musste. Ich versuchte mich immer vom Abtrocknen zu drücken, welches ich, bzw. die Dorfbuben, als „Weiberarbeit" ansahen. Es war bei denen auch verpönt, mit Mädchen zu spielen und man wurde dann „Weiberpackerl" gerufen. Den Sinn des Wortes kannte ich damals nicht. Wenn die größeren Dorfbuben mit Grinsen und wissendem Lächeln vom „Stopfen" sprachen, ahnte ich zwar, dass es etwas mit den anderen Geschlecht zu tun hatte, aber ansonsten war ich dabei ahnungslos. Als ich es daheim einmal versehentlich sagte und von Papa gefragt wurde, was es bedeute, meinte ich verlegen, aber schlagfertig, das hieße, dass z.B. Strümpfe geflickt werden. Dass ich das „l" hätte weglassen sollen, wusste ich damals nicht. Aufklärung durch

Eltern gab es nicht. Die wurde im Laufe der Zeit vom „Dorf" erledigt. Zu deftige, bzw. falsche Details konnte ich später durch entsprechende Bücher korrigieren.

Zu der Zeit, ich war 12-13 Jahre, musste ich innerhalb von einem Jahr dreimal im Achdorfer Krankenhaus operiert werden, zweimal am Leistenbruch und einmal am Blinddarm. Der Geruch des Äthers und das Erbrechen beim Aufwachen hinterließen bei mir ein Trauma. Bei einer Blutabnahme bei der Bundeswehr ließ mich dieser Geruch acht Jahre später vom Stuhl kippen. Wenige Tage nach der OP spielten wir auf dem noch teilweise überschwemmten Fußballplatz mit einem Gummiball, ohne dass ich ein Risiko gesehen hätte. Ich war barfuß in der Badehose und hechtete als Torwart ins köchelhohe Schlammwasser, ohne an meine Narbe zu denken. Dabei fällt mir das intensive Gefühl ein, wenn ich im warmen Schlamm barfuß dahin platschte und der „Baaz" (Dreck, Schlamm) angenehm kitzelnd durch die Zehen gedrückt wurde.

Eindrucksvoll habe ich auch noch die „Maiandachten" in der Kirche in Erinnerung und danach das Maikäferfangen am Henneweiher-Waldrand. Die Marienlieder schufen eine meditative Stimmung, welche durch den flackernden Kerzenschein vertieft wurde. Wenn ich daran denke, habe ich z.B. „Oh Maria hilf" oder „Meerstern, ich dich grüße" im Ohr. In der Dämmerung kauerten wir hinterher oft am Waldrand. Gegen den helleren Himmel schlugen wir mit Federballschlägern startende „Brummer" zu Boden. Was wir mit der zahlreichen Beute anstellten, weiß ich nicht mehr. Das war wahrscheinlich nicht sehr human. Wahrscheinlich wurde deren Eiweiß von Hühnern weiterveredelt! Es war aber eine Schädlingsbekämpfung. Zu der wurden wir auch einmal während der Schule eingesetzt, als wir Kartoffelkäfer abklauben mussten. Anscheinend herrschte damals so eine Plage, dass deren Bekämpfung höherwertiger war, als unsere Wissenvermehrung.

Angenehm waren für mich auf jeden Fall die „Geschmackserlebnisse" meiner Kindheit!
Hinter unserem Garten Richtung Kemoden hatte der „Gartenmo" auf der „Leitn" eine Weide. Sie breitete sich zwischen Feldweg und Bach aus bis in Höhe der alten, riesigen Eiche am Weg, wo das Brückerl über den Henneweiherbach führte. Dort leistete ich dem Gagge, wie der „Spitzname" vom Kainz Franz lautete, oft Gesellschaft beim Kühehüten. Dies dauerte meist den ganzen Nachmittag und als Verpflegung gab es Nüsse und wohlschmeckende Grafensteiner Äpfel. Einmal machten wir ein Kartoffelfeuer und der mehlige Inhalt unter der schwarzen Schale scheint mir gerade wieder duftverbreitend in der Handfläche zu liegen, heiß und köstlich, leicht nach Rauch schmeckend. Diese idyllische Atmosphäre versetzt mich momentan zurück in eine Zeit, die zwar im Nebel des Vergangenen und

Unbewussten liegt, aber aus heutiger Sicht sehr glücklich war. Glück hängt wohl davon ab, was man für Prämissen setzt. Außerdem war es wohl einfach vorhanden, dieses unbeschwerte Lebensgefühl, ohne dass ich mir dessen bewusst war! Das Wort kannte ich wahrscheinlich noch gar nicht, das Gefühl schon, auch wenn es irgendwie selbstverständlich war. Damals waren alle Sinne mit Wohlgefühl angefüllt. Mit dem Geschmack der Äpfel im Mund, mit einem selbstgeschnitzten Haselnussstecken bewaffnet, im weichen Grase liegend, vom Gesumme der Insekten und den Geräuschen der Kühe angenehm eingelullt, den Blick in ferne Details eines blauen Himmels gerichtet, wo sich unsere Fantasie imaginäre Figuren aus den vorbeiziehenden Wolken formten, die sich minütlich verwandelten, schufen diese Gefühle in ihrer Gesamtheit einen meditativen Zustand der Zufriedenheit. Wir waren in diesen Stunden sicherlich richtig glücklich.

Auch jetzt stellt sich etwas davon ein, wenn ich mich dorthin zurückversetze und tatsächlich einen „Film" sehe, in dem ich als Bub agiere, so dass ich auch in diesem Augenblick ein wehmütiges Glücksgefühl verspüre. Wehmütig, weil ich es zwar nachempfinden kann, aber dieser glückliche Zustand des Seins nicht wiedererlebbar ist.

Bewusst „leben" kannst du immer nur im Augenblick, weder in der Vergangenheit, noch in der Zukunft. Deshalb solltest du diese Momente bewusst erleben und genießen. Wichtig dabei ist es doch, dass du dir klar wirst, was Glück für dich bedeutet und solche Erlebnisse erkennend suchst. So kannst du aber auch glücklich sein, an solche Gefühle träumend zu denken. Beiße in einen duftenden Apfel und freu dich an diesem Geschmack! Auch wenn du keine zehn Jahre mehr bist, kannst du so ein „Gramm Glück" erleben! Ich habe heute bereits ein Gefühl von dankbarer Zufriedenheit, wenn ich morgens schubweise aufwache und vom Traum ins Jetzt wechsle und feststelle, dass mir heute nichts „weh tut", dass ich gesund bin. Dann überlege ich mir, welche erreichbaren Ziele ich heute glücksgebend erreichen kann. Eine Studie aus dem Jahr 2015 von der University von Colorado hat ergeben, dass „Glückliche" ca. 5 Jahre länger leben! Danach lege ich mir meine Gymnastikmatte aus und erledige freudig meine zehnminütige Rückengymnastik, so dass ich, dann nicht mehr „starrad" (steif), mein Frühstück genießen kann.

Gagge (Franz Kainz, Bürgermeister von Altdorf: 2012 verstorben), Sepp und ich beim „Tipp-Kick"-Spielen

Arbeiten auf dem Bauernhof

Genossen habe ich es bereits als Schuljunge, wenn ich mich sehr oft auf dem Bauernhof von Onkel Toni aufhalten konnte. So durfte ich auch bei der Feldarbeit mithelfen. Wenn wir, meist zusammen mit der fleißigen Tante Vroni, den Rübennacker „hailten" (hackten) und so von Unkräutern befreiten (biologisch!), brachte Tante Hannelies eine Brotzeit. Sie schmeckte immer am besten und dazu gab es für mich ein „Kracherl", eine Limo in schönen Farben, z.B. grün mit Waldmeistergeschmack. Früher hatten die Erwachsenen dabei auch „Scheps" (Dünnbier) und verdünnten Most getrunken, den der Großvater, Kaspar, selbst hergestellt hatte. Ich kann mich noch an den sauren Geruch, in dem Gewölbe erinnern und hatte ihn auch mal probiert. Er war mir aber zu „hantig" (sauer).
Als ich dann älter war, durfte ich sogar mit dem „Bulldog" (Traktor), einem grünen „Kramer" fahren. Der Dieselgeruch war äußerst angenehm und eine tolle Aromatherapie! Es war ein stolzes Gefühl, wenn ich „führefahrn" (stückweise vorwärts fahren) durfte, wenn mit der Gabel Heu oder Stroh aufgelegt wurde, das zum Trocknen in

„Mandeln" aufgestellt war. Ich hatte es sogar selber geschafft, so ein Kunstwerk fertig zu bringen. Dabei rafft man ein Bündel Ähren zusammen und bindet es oben mit einer Art Schnur aus mehreren verdrehten Halmen zusammen. Später stellten wir nur noch die Bündel aus dem Mähdreschen auf.

Der Geruch von dem frischen Heu liegt mir gerade erinnernd in der Nase! Weniger angenehm waren die Staubmyriaden, welche dorthin gelangten und auch die Augen verklebten, bzw. auf der Haut juckten! Dies geschah, wenn das Heu oder gar, noch kratzender, das Stroh nach dem Dreschen, mit einer Gabel hoch und hinter in den Stadel geworfen wurde. Dabei wurde eine Kette von mehreren Leuten gebildet. Ich bewundere heute noch die Kraft, welche dabei wie selbstverständlich aufgewendet werden musste! Dabei fällt mir gerade ein, dass Onkel Toni und auch Onkel Seppl, der Lehrer war, Getreidesäcke von einem Doppelzentner eine Treppe zum Speicher hochzwingen mussten! Beindruckt hat mich auch, wenn sie einen wutschnaubenden „Bummerl" (Stier) namens „Hannibal" an einem Nasenring und Strick über den Hof führten und dem Urbild an Kraft ihren Willen, durch einen

Stecken unterstützt, aufzwangen. Interessant war es für mich auch zu sehen, wie der Zuchteber „Urban" mit seinem „Korkenzieher-Besamungsgerät" für „Facke-Nachwuchs" sorgte.

Onkels: Toni, Seppl, Papa (Mitte) und „Urban"

Wenn aus dem niedlichen Schweinderl eine Zentnersau geworden war, musste sie ihr Leben lassen und wurde in wohlschmeckende Spezialitäten verwurschtelt. Ich war nur einmal dabei, aber das hat mir gereicht! Für einen Buben war es doch schockierend, wenn das quickende Tier, das wohl eine Vorahnung hatte, mit einem Holzschlegel auf den Kopf geschlagen und „abgestochen" wurde. Das aufgefangene Blut musste gerührt werden, damit es nicht gerann. Es war Grundbestandteil von „Blutwurst". In einem Sautrog, wurde es mit Saupech gebrüht und mit einer Kette die Borsten entfernt. Das Zerlegen besorgte meist ein Metzger, der auf den Hof gekommen war. Die stinkenden Innereien wurden gleich auf dem Misthaufen verscharrt. Die verschiedenen Fleischteile wurden zu Wurst verarbeitet oder geselcht. Damals hatten die meisten Bauern noch einen eigenen Selchkamin. Nach getaner blutiger Arbeit schmeckte aber allen die „Schlachtschüssel", wohl auch deshalb, weil die Arbeit „mordsanstrengend" war und Hunger bekanntlich der beste Koch ist.
Selbstversorgung war damals auf jedem Anwesen üblich. Supermärkte mussten erst erfunden werden. Wenn man etwas brauchte, ging man

zum „Kramer" und besorgte sich z.B. das Saupech, einen Kaiwestrick (Kälberstrick), ein Packe (Päckchen) Nägel oder „Rasse Nage" (scharfe Nägel, Nelken), die gegen Zahnweh halfen.

In dem großen Garten neben dem Haus wurden alle Arten von Kräutern, Salaten und Gemüse angebaut. Manchmal wurde dafür auch ein nahegelegener Teil Acker geopfert, wo auch Kraut angebaut wurde, welches im Winter als Sauerkraut eine beliebte und häufige Beilage war. Kartoffeln waren ein Grundnahrungsmittel, das täglich Verwendung fand. Das ist wohl ein Grund dafür, dass ich noch heute so gerne Bratkartoffel, schön braun und resch (knusprig) mit Zwiebel und Kümmel esse.

Die Bauern hatten sich noch nicht spezialisiert und auf einem Hof gab es eine Vielzahl von Tieren. Mein Onkel hatte auch noch ein Pferd, den „Fuchs".. Das Futter lieferten die Felder und über Hühner, Enten, Gänse, Kälber und Kühe wurde es in menschliche Nahrung veredelt. Einmal, schon später, half ich Tante Hannelies an Heilig Abend, an dem wir abends immer auch in Kemoden waren, an die zwanzig Ferkel ans Licht der Welt zu holen. Auch beim „Kaiweziagn" konnte ich mal mithelfen. Da fällt mir ein, wie es sich anfühlte, wenn so ein „Botscherl" beim Milchflasche-geben mit der Zunge über die Hand schleckte! Die Kühe hatten alle einen Namen, alphabetisch geordnet, von Alma bis Zenzi.

Wenn es hieß: „Heut fahr´ma zum Heugna!", war ich gerne dabei. Die fachmännisch „eingfoste" meterhohe Heuladung wurde oben durch einen „Wüstbaum" und Seile niedergedrückt und festgehalten. Wenn ich mit Vroni oben auf dem hoch beladenen und gefährlich schaukelnden Holzwagen saß, hatte ich Angst, er könne aus den „Gloassn" (Fahrrinnen) kippen, was schon mal vorgekommen war. Bei der Tante Vroni muss ich mich heute noch entschuldigen, weil ich sie einmal zu Tode erschreckt habe. Am Anger, neben dem „Stoler", unweit vom Hof, hatte ich ihr beim Kartoffelklauben geholfen. Die wurden auf einen Schubkarren geladen, welcher hohle metallene Griffe hatte, die oben zur Hand hin, offen waren. Ich wusste, dass Vroni immense Angst vor Würmern hatte. Wohl aus Langeweile oder Neugier, was geschehen würde, versteckte ich einige dieser langen und dicken, schlangenähnlichen Regenwürmer, die sich übrigens angenehm anfühlen, unten am Anfang

der Handrohre. Als sie auf halben Weg zum Hof etwas an ihren Händen spürte und einige dieser Ungeheuer sah, ließ sie so heftig los, dass der Karren samt mühsam eingesammelter Fracht, umkippte. Mit schrillem Dauergeschrei lief sie in Panik davon. Diese Untat, welche sie mir aber bald verständnisvoll verziehen hatte, musste ich mir aber noch jahrzehntelang anhören. Auch von Onkel Toni hatte es eine Strafpredigt gegeben. Mein Onkel war für mich immer ein liebevoller und äußerst geduldiger „Vaterersatz". Er hatte ein gutes Geschick und entsprechende Motivation mir irgendwelche Zusammenhänge, z.B. aus Chemie oder anderen Sachverhalten, die er sich in der „Ackerbauschule" angeeignet hatte, zu erklären. Er stärkte mein Selbstbewusstsein, indem er mir erfüllbare Aufgaben übertrug. Stundenlang spielte mit mir auch „Watten"(ein beliebtes Kartenspiel). Als Erwachsener durfte ich mit auf die Jagd und einmal ließ er mich sogar mit dem „Zwilling" auf Wildenten schieße, ohne dass ich sie beschädigt hätte. Allerdings hielt er mir später immer wieder, meist mehr mit bewunderndem, als tadelndem Unterton, meine „Wilderertaten" vor.
Vor den Amerikanern hatten sie nach dem 2.Weltkrieg die verbotenen Waffen im Weiher

versenkt. Dabei war nach dem Herausholen bei einem „Flobert" das „Perlkorn" abgebrochen. Ich durfte aber mit dem Gewehr schießen. Hinter dem Heustadel hatte ich bald heraus, um wieviel ich tiefer zielen musste, um doch noch zu treffen. Ich wusste, dass im Weiher Bisamratten waren und legte eine „dreifache 4,5mm-Patrone ein. Als ich am Trafohäusel, ca. 30m vom Weiher entfernt war, sah ich einen Feldhasen, der Männchen machte und neugierig zu mir hersah. Ich war auch neugierig: Ich legte seitlich an der Mauerecke an und überlegte, wieviel ich tiefer zielen müsste, um zu treffen. Dabei bin ich wohl mit dem Finger an den Abzug gekommen, so dass es plötzlich knallte. Meister Lampe machte einen Sprung und blieb liegen. Erschrocken lief ich hin und dann zurück zum Onkel und beichtete meinen Zielunfall. Ich bekam eine Strafpredigt und die Familie Hasenbraten. Der Rübenfresser hatte wenigsten nicht leiden müsse. Er hatte den Knall wohl gar nicht mehr gehört, da er ins Herz getroffen worden war und so bereits im Hasenhimmel mitten im Karottenfeld dauerknabbern durfte. Noch spektakulärer war aber folgendes Wildererlebnis. Ich hatte schon öfters gesehen, dass Wildtauben oben Richtung

Anger hinter dem Silo am abgeernteten Weizenfeld Körner pickten. So pirschte ich mich, wieder mit einer „Dreifachen" im Lauf, im „Toten Winkel" den Hang hinauf und schließlich am Rain entlang robbend, hinter einigen Gräsern getarnt, dem Schwarm pickender Körnerliebhaber näher. Beutelüstern nahm ich eine wohlgenährte Taube aufs „fehlende Korn" und drückte ab. Es knallte laut und der Taubenschwarm stob davon. Nicht alle. Eine Taube flatterte angeschossen von den Stoppeln hoch. Schnell die ca. 20m überwindend erlöste ich sie mit dem Kolben und sah überrascht, das davor eine Zweite tot da lag. Ich hatte sie, wie ich prüfend feststellte, durch den Kopf geschossen und danach die andere in die Brust getroffen. So kehrte ich mit zweifacher Beute zum Hof zurück, wo mein Onkel wartete, der nur einen Schuss gehört hatte. Ob es einen Tadel gab, weiß ich nicht mehr, aber alle paar Jahre später titulierte er mich immer wieder mit „Respekt" in seiner Stimme: „Grüaß di, du Wuiderer!"

Ich möchte an dieser Stelle entschuldigend betonen, dass mir damals die Verwerflichkeit des Handelns nicht bewusst war. Als Erwachsener ist wohl auch der Verstand mitgewachsen und ich

habe nach meiner Bundeswehrzeit keinen „Schießprügel" mehr in die Hand genommen! Der Respekt vor dem Lebensrecht jeden Geschöpfs wurde mir zur Selbstverständlichkeit.
Wenn ich ein Insekt oder eine Spinne zum Weiterleben in den Garten entlasse, stelle ich mir vor, wie es wäre, von einem überirdischen Monster einfach so zertreten zu werden!

Jagdszenen

Die Steinzeitmännerjagdgene lagen mir damals anscheinend aber noch im Blut. Vor allem war es damals „normal" und die anderen Buben machten es mir vor. Dazu fällt mir ein Bild aus dem TV ein, das ich kürzlich sah. Einige Kinder spielten in Syrien Krieg. Wie sollten sie es auch besser wissen?
Ich kann mich gut erinnern, dass ich ganz oft an der kleinen Vils oder am Stilbach neben dem Fußballplatz war und fischte. Dabei gab es verschiedene Methoden. Aus einem Kartoffelsack, den ich mir zuhause besorgte, machte ich mir einen sogenannten Bären. Mit einem dicken, stabilen Draht fädelte ich die Sacköffnung rundherum ein. Daran wurde dann ein ca. 2 m langer Holzstecken befestigt. Das Netz wurde dann in den Bach gehalten, der damals 1-2m breit und meist 50cm tief war, und ein Freund scheuchte mit einem langen Stecken die Fische auf. Wenn einer davon ins Netz schwamm, wurde er ans Ufer geschleudert. Die ursprüngliche Fangmethode bestand aber darin, dass man in der Badehose im Bach wartend, die überhängenden Gräser der Uferböschung abtastete. Wenn man

einen Fisch aufspürte, versuchte man, in ans Ufer zu schleudern. Eine weitere Methode bestand darin, dass man die Schlinge einer Drahtschnur auf dem Bauch am Ufer liegend, zum Beispiel einem Hecht, langsam über den Kopf hinter die Kiemen zog und dann zusammenzog, so dass er herausgeschleudert wurde. Genau so viel Geduld brauchte man, wenn man angelte. Die Angel fertigten wir selber an. Wir kauften uns einen Haken und eine Nylonschnur. Den Schwimmer fertigten wir aus einem Weinkorken. Die Angel konnten wir, auf einem Holzstück aufgewickelt, leicht in der Hosentasche verstecken. Auch damals war es eigentlich verboten, aber den Buben wollte man wohl nicht ihren Spaß verderben. Außerdem hatten wir beim Müller am Wehr oder hinter einem Busch an der kleinen Vils wir gute Deckung. Besonders erfolgversprechend waren sogenannte „Dümpfel". Auf halber Strecke nach Altenburg war an einem Steg ein besonders tiefes, wo wir auch badeten und erste „Hundsdapfer-Schwimmversuche" machten. Es wurden auch alte Autogummireifen als Schwimmhilfe verwendet. Einmal entdeckte uns der Pächter am Stilbach, wo wir mit zwei „Bären" und zwei Treibern optisch sehr auffällig waren und verfolgte uns lauthals schimpfend. Er konnte uns aber wegen unserer schnellen Beine nicht einholen. Ich fing hauptsächlich relativ kleine Fische. Sogenannte Schrazn, wie wir die kleinen Barsche nannten, Rotaugen und Weißfische waren unsere hauptsächliche Beute. Selten fingen wir auch Eitel und Schleie. Ich habe sie dann zuhause meist zu Fischpflanzerl verarbeitet, die lecker schmeckten.

Aus Haselnussstecken und Schilfrohren haben wir uns Pfeil und Bogen angefertigt. Vorne kam ein ca. 4cm langer, mit einer weichen, weißen Masse gefüllter Zweigabschnitt eines Hollerstrauchs (Holunder) daran und knapp hinter einem harten Schilfabschnitt die Kerbe. Damit konnten wir bis zu 30m schießen.

Wenn der Holler noch nicht ganz „zeitig" war, also noch feste grüne Früchte hatte, machten wir eine „Hollerbüchs". Dazu schnitten wir aus den hohlen Stengeln des wilden Kümmels Blasrohre. Den Mund voll Hollermunition lieferten wir uns bis auf vielleicht 6–8m Gefechte, wobei die Treffer zählten.

Eine gefährliche Waffe war auch die Steinschleuder. Sie wurde aus einem y-förmigen, ca. 2cm dicken Ast geschnitzt. Daran kamen zwei

Einweckgummis, die an einem Lederrest befestigt waren. Kieselsteine wurden als Geschosse verwendet. Es grenzt schon fast an ein Wunder, dass außer dem Zertrümmern einer alten Fensterscheibe keine größeren Unfälle passierten. Einmal traf ich eine Schwalbe während des Fluges. Damals hatte ich deswegen auch kein schlechtes Gewissen, weil es im unseren Bubenkreisen ganz normal war. Wenn es alle taten, warum nicht auch ich? Was „moralisch" ist, wird auch heute noch von der großen Gruppe der einheimischen Bevölkerung bestimmt. Als ich dann so mit 13 oder 14 Jahren ein Luftgewehr bekam, erlegte ich auch Spatzen und brachte sie zum Tierarzt, der Raubvögel hielt.

So bekam ich einige Zehnerl, die für mich sehr rar waren, da ich kein Taschengeld bekam. Eine Belohnung erhielt ich auch, wenn ich pfundweise Himbeeren brockte (pflückte), die im Geschäft verkauft wurden. Ich war auch ein geschickter Fliegenfänger. Wenn ich die gefangenen Dreckerzeuger in Zehnergruppen am Fensterbrett geordnet hatte, bekam ich auch ein Fünferl. Dafür konnte ich mir zum Beispiel unten beim Bäcker eine der himmlischen Mohnsemmeln kaufen, auf die ich heute noch gelegentlich Heißhunger habe. Damals schmeckten sie aber „vieeel besser"! Sie waren aber auch sicher von besserer Qualität als es heute leider üblich ist! Weil ich trotz vieler „Guatl" im Geschäft kaum eins bekam, hatte ich mir selber Ersatz besorgt. Ich habe schon vorher erwähnt, möchte aber noch den positiven „Nebeneffekt" nennen. Mein Vater hat es mir erzählt. Ich muss so drei Jahre gewesen sein. Vor dem Geschäft, neben dem Zigarettenautomaten war einer mit Kaugummis. Mein Erzeuger erwischte mich, wie ich einen rötlichen aus dem Staub pulte und gierig in den Mund steckte. Da staubte es auch auf meinem Hosenboden und ich wiederholte so etwas nicht mehr. Dieses

Strafverhalten meines Erzeugers zeugt auch davon, dass „körperliche Gewalt" damals noch nicht als „Verbrechen" am Kinde, sondern als probates und abschreckendes Erziehungsmittel angesehen wurde. Vom sprichwörtlichen Dreckfressen, z.B. im Sandkasten und Probieren von anderen Naturerzeugnissen, die nicht gewaschen wurden, wurde sozusagen als „Schluckimpfung", unser Immunsystem gut trainiert.

Einmal kann ich mich daran erinnern, dass wir, eine größere Gruppe von Buben, eine richtige Treibjagd veranstalteten. Dabei bildeten wir, wie wir es als Treiber beim Jäger gesehen hatten, einen Kessel, der sich immer mehr zusammen zog. Auf flüchtende Hasen feuerten wir dann unsere Geschosse ab. Ich kann mich aber nicht erinnern, etwas erlegt zu haben. Aber die Sache an und für sich war ein großes Abenteuer. Treibjagden hatten für mich einen besonderen Reiz. Ein Dutzend Jäger bildeten mit den Treibern einen großen Kessel. Ich kann mich noch gut erinnern, dass am Ende eines Nachmittags eine Strecke von dutzenden Hasen und Fasanen ausgelegt war. Gruselig war es dabei für mich, wenn mich die toten Mümmelmänner aus ihren großen, traurig leer blickenden Augen anschauten. Dabei wird mir schon beim daran Denken mulmig!

Bei einer Jagd gab es für mich eine bemerkenswerte Anekdote. Im niederen Gebüsch stieg ich einem Fasan auf den Schwanz. Ich erschrak furchtbar und der Schwanzfedernberaubte wurde im Davonlaufen erschossen. Es klingt sehr unwahrscheinlich, aber ich habe es tatsächlich so erlebt. Ganz sicher weiß ich auch, wie unwahrscheinlich lecker das Rehragout mit Hauberlingen beim abendlichen Treibjagdessen geschmeckt hat.

Ein ähnliches Geschmackserlebnis war es, wenn nach einer Beerdigung oder Hochzeit wir Ministranten beim Wirt, beim Stadler vom noch warmen Schweinebraten eine Semmel bekamen. Wenn ich heute unterwegs bin, kaufe ich mir, in der Erinnerung an diesen Wohlgeschmack auch heute noch oft so eine Bratensemmel mit Salz und Pfeffer. Oft kaufe ich mir die auch wieder beim Stadler, allerdings in seiner Filiale in Landshut.

Was Geschmackserlebnisse betrifft, muss ich unbedingt erwähnen, dass ich ein leidenschaftlicher „Schwammerlsucher" war und bin.

Zusammen mit meinem Freund, dem Sepp, durchstreiften wir die Wälder der Umgebung und kannten bald zahlreiche Plätze, wo Reherl (Pfifferlinge) und Steinpilze wuchsen. Das aufregende und triumphierende Gefühl, wenn man einen Platz mit mehreren entdeckte und dann die nähere Umgebung untersuchte, werde ich nie vergessen.

Sichere Schwammerlbeute gab es, wenn wir die Viehweiden beim Tristl absuchten. Allerdings waren das nur Wiesenchampions, die aber auch sehr schmackhaft waren, wenn die Lamellen noch rosa waren.

Auch heute suche ich noch jedes Jahr einige bekannte Plätze in nahen Wäldern ab auf der Suche nach diesem Erlebnis. Auch wenn es heute bei weitem nicht mehr so viele Pilze gibt, Reherl fast gar nicht mehr, reichen sie für viele Mahlzeiten, da ich heute viel mehr Sorten kenne und sammle. Schon alleine das kilometerweite Laufen durch die Schönheit eines Waldes und seinen abwechslungsreichen Teilen, ist die Mühe wert. Die gute Luft mit ihrem unverwechselbaren Duft, das wohltuende Grün der unterschiedlichsten Pflanzen und Blumen und die Begegnung mit Vögeln oder gar einem Fuchs oder

Reh, lassen bei mir richtige Glücksgefühle aufkommen. Diese werden nur übertroffen, wenn ich nach einer mehrstündigen Wanderung auf einem Berggipfel stehe und die Majestät der Natur rings um mich herum bewundern kann.

Kirche und Schule

Ein Geschmackserlebnis ganz anderer Art hat damit zu tun, dass ich, wie schon erwähnt ungefähr zwei Jahre lang Ministrant war. Erstaunlicherweise bekleiden so ein „heiliges Amt" ausgerechnet solche Jungen, bei denen es mit der Heiligkeit nicht weit her ist. Bei mir und dem Gagge zeigte sich dies zum Beispiel darin, dass uns entweder der Messwein gut schmeckte oder es war nur üblich, dass die Messdiener dessen Bestand ständig etwas reduzierten und mit Wasser nachfüllten. Wenig heilig war es auch, dass ich anstatt der lateinischen, sogenannten „Stufengebete" oft nur halblaut vor mich hinmurmelte. Da unser Pfarrer, Herr Willy Bub, die Messe auf lateinisch las, blieben mir doch einige solche Ausdrücke im Gedächtnis (Deo gratias!). Am liebsten war es mir, wenn wir den Weihrauch bringen durften. Dabei wollte jeder gerne das Weihrauchgefäß schwingen, möglichst hoch und elegant. Ich zog gegen Franz meist den Kürzeren und durfte meist nur das „Schiffchen", den Weihrauchbehälter halten. Der betörende Duft war fast berauschend. Einen meditativen Zustand erreichte ich, indem ich starr und lange in das

flackernde Licht von einer der vielen Kerzen schaute. Gelegentlich durfte ich die zahlreichen Kerzen auch anzünden und löschen. Dabei benutzte ich einen langen Holzstil, an dem oben ein kleiner Metallkegel befestigt war.
Beeindruckend waren für mich auch die sogenannten „Engelämter". Tante Rosel weckte mich dann „mitten in der Nacht" und schickte mich halb schlaftrunken zum Pfarrhof. Von dort fuhren wir dann zum Schloss Kapfing, wo dann in der Schlosskapelle eine Messe gelesen wurde. Daran kann ich mich nur undeutlich erinnern. Es gab aber anschließend auch für uns ein Frühstück.
Im großen Garten unseres Pfarrers gab es viele Obstbäume. Während einige von uns in einer entfernten Ecke Lärm machten, so dass Willi schimpfend dorthin eilte, schüttelte ich die begehrten Haselnüsse herunter und sammelte sie ein. Wir hätten sie auch aufklauben dürfen, aber das war für uns uninteressant, weil es ohne den Reiz des Unerlaubten gewesen wäre!
Mir passierte während des Religionsunterrichts auch etwas Unerlaubtes. Ich möchte vorausschicken, dass ich in meinem bisherigen Leben nie jemanden mit der Faust geschlagen

habe. Als Bub war ich dazu entweder zu „feige" oder bereits zu klug! Was sollte ich davon haben, einen anderen zu schlagen, wenn ich selber etwas abkriegte? Außerdem wusste ich, dass ich am schnellsten laufen kann! Wenn bei unserem Pfarrer die Grenze des „Geärgertwerdens" überschritten war, stürzte er sich auf einen der Übeltäter und überschüttete ihn mit Schlägen. Als er einmal mich dafür als Opfer auswählte und ich ausnahmsweise einmal völlig unschuldig war, schlug ich reflexartig, mich nach oben und hinten umdrehend, mit der Faust zu und traf ihn in den Bauch, so dass sein in diesem Zornstadium stets rotes Gesicht blasser wurde.

Ich kann mich erinnern, dass sich der Mitterhuber Sepp (der mich als einziger mal schlug und mir dabei das Nasenbein brach, was sehr schmerzhaft war und heute noch zu sehen ist. (Er lebt schon lange nicht mehr!) beim Herannahen des Rachsüchtigen schutzsuchend mit dem Rücken an die Wand stellte. Auch ich wurde seitdem nicht mehr überfallen.

Herr Bub überfiel aber noch einige Male meine Eltern mit dem Vorschlag, ich solle doch studieren und Pfarrer werden. Das fiel aber sowohl bei

Ihnen als auch bei mir nicht auf fruchtbaren Boden.

Durch seine anscheinend gute Meinung von meinen Fähigkeiten, insbesondere als Vorleser, machte ich eine interessante Erfahrung. Einige Male durfte ich von der Kanzel aus die Lesung halten. Das gefiel mir. Ich wartete so lange, bis alle Leute wirklich ruhig waren. Obwohl alle zu mir her sahen, hatte mich dies erstaunlicherweise nicht nervös gemacht. Ich las klar und laut und schaute zwischendurch auch auf und zu den Zuhörern hin. So erlebte ich in gewisser Weise zum ersten Mal ein kleines Machtgefühl.

Wenn am Karfreitag die Leidensgeschichte vom Chor herab gelesen wurde, hatte ich immer die Rolle des Erzählers. Der Pfarrer sprach den Jesus. „Eli, eli, lama sabachthani!"(Herr, warum hast du mich verlassen?), ist mir gerade in Erinnerung. Neben dem linken, kleinen Friedhof, wo der Sakristeieingang ist, war das „Mesnerhaus". Dort hatte auch der Frisör Gustav Dorant, ein Flüchtling, seinen Laden. Auch mir hat er einige „Haverlrundschnitte" verpasst. Er war recht spaßig und sein Motto lautete: „Von der Wiege bis zur Bahre schneidet Gustav dir die Haare!".

Der rechte Friedhof war größer und an der Kirchenmauer war eine Vertiefung, die mit zahlreichen Totenschädeln gefüllt war, wovor mir immer gruselte.

Noch ergreifender war es für mich, als ich bei der Frankreichfahrt der Mittelschule in Verdun in Douaumont an dem „Beinhaus" stand. Im Inneren des 137m langen Gebäudes gibt es unter einem Tonnengewölbe 46 Seitenkammern. Diese Knochenkammern enthalten die Gebeine von 130.000 Gefallen aus dem 1.Weltkrieg. Sich vorzustellen, welches Morden sich hier abgespielt hat, ließ mich erschauern!

Vor dem Schulbesuch hatte ich aber keine Angst. Wie viele Erstklässler „liebte" ich meine erste Lehrerin, Fräulein Glager. Das ist eine eigene Geschichte!

Ich hatte einen sehr kurzen Schulweg. Unsere Schule, ein ehemaliges Wasserschloss, war nur ungefähr 100 m entfernt. Es gab wohl nur drei Klassenzimmer. Mehrere Jahrgänge waren zusammengefasst(1,2-5 und 6-8). Die Schulpflicht endete mit der achten Klasse.

Beim Hauptlehrer Prüglmeier (Nomen war bei ihm nicht omen) durften wir nachmittags im Garten mithelfen oder auch das Aquarium reinigen. Er

war streng, aber ein Guter! In der siebenten Klasse bereitete er mich auf die Aufnahmeprüfung für die Mittelschule in Landshut vor. Ich kann mich noch gut erinnern, dass ich nach dem Bestehen einen roten Kofferradio als Belohnung erhielt und damit Zugang zur „Welt"!
Mit 13 Jahren begann für mich eine neue Schulära. Ich durfte mit dem Bus nach LA fahren, entweder über Münchsdorf oder über Ast. Am Dreifaltigkeitsplatz war die Haltestelle vom Schrafstetter, gleich neben dem „Dreihelmenwirt" und dem Frisör Koppauer. Beide Etablissements besuchte ich. Den Frisör öfter, den „Stieglwirt" nur einmal. Als ich dort einmal von Papa zum Warten deponiert wurde, nötigten mich einige bescheuerte Suffköpfe Bier zu trinken, so dass mir schließlich schlecht war. Später war ich dort nur noch mit meinem Firmpaten, dem Onkel Toni. Nachdem ich im Martinsdom meinen gesegneten Backenstreich vom Bischof abgeholt hatte, erhielt ich als Geschenk eine Armbanduhr und als Stärkung Weißwürste und eine Halbe, ohne dass mir dieses Mal dabei schlecht wurde.
Mein täglicher Schulweg führte mich durch die Neustadt und an der Jodokskirche vorbei zur Mittelschule. Sie war gegenüber vom Gymnasium

und neben der Maschinenbaufachschule. Zum Sportunterricht mussten wir zu Fuß bis zur Wittstrasse laufen, wo heute der Festplatz der Landshuter Hochzeit ist. Dort war damals das Gelände der Turngemeinde mit Halle und Laufbahn. Mit Paul Pongratz („Pongo) verbrachte ich viele Nachmittage im Maxwehr an der Isar. Dort gab es einen schlichten Aufenthaltsraum, wo wir auch Hausaufgaben machen konnten. Oft spielten wir dort auch Tischfußball. Dazu nutzten wir zwei Zehnerl und als Ball einen Pfennig. Geschossen wurde mit einem Kamm, der an der Tischkante zusammen mit einem Daumennagel auch als Pfostenmarkierung diente. Mit der Mittleren Reife hatte ich auch bescheidene Kenntnisse im Technischen Zeichnen und sogar in Stenografie erhalten. Es erwies sich als nützlich, dass ich auch das Wahlfach Französisch besucht hatte. Als die Abiturklasse des Gymnasiums auf ihrer Abschlussfahrt nach Compiegne bei Paris noch Plätze frei hatte, durften vier von uns mitfahren. Es ist inzwischen schon 50 Jahre her und wir haben heuer „Jubiläumsklassentreffen".

Dorfleben

Fernsehen gab es damals nur unten beim „Schmied" nannten. Zuerst drückten wir uns nur am Fenster die Nasen platt, aber bei besonderen Sendungen durften wir auch mal in die Stube und z.B. ein Fußballspiel auf dem relativ winzigen quadratischen „Schwarz-weiß- Monitor" anschauen.
Dort unten beim Schmied an der Straßenkreuzung war für uns eine Drehscheibe unserer Aktivitäten. In der Kurve hinter einer halbrunden Betonmauer floss der Bach vom „Henneweiher" und in Rohren weiter am Schmied und am Spangler vorbei ca. 150m weiter bis in die Vils. Neben dem Schmied führte ein kleiner Steg über den 1-2m breiten Bach am „Schwager" vorbei zum Fußballplatz. Dabei fällt mir ein, dass es damals noch keine Teerstraßen gab!
Ich war ungefähr 14 oder 15 Jahre alt, als die ersten Straßen geteert wurden. Die Schaufelarbeiten erledigten fremdländische Männer, oft mit eindrucksvollen Schnurrbärten. Sie kamen aus der Türkei, hatten seltsame Namen wie Ali oder Mustafa und waren eine Attraktion für uns Kinder. Diese „Gastarbeiter" waren

freundlichen Gemüts und bald kannten wir einige türkische Wörter: „Gülle-Gülle" (kein Odel, sondern eine Begrüßung) und beim Einkaufen „Ekmek (Brot) und Sheker" (Zucker).
Ich sehe folgende Szene noch jetzt bildhaft vor mir: Ein stolzer Türke im Sonntagsstaat mit gezwirbeltem Schnurrbart schaut mit wie gemeisseltem Gesichtsausdruck in die Sofortbildkamera meines Vaters und zeigt demonstrativ die Armbanduhr an seinem vor der Brust abgewinkelten Arm.
Die nächsten zwei Generationen der eingedeutschten Gastarbeiter durfte ich als Lehrer betreuen!
Bemerkenswert ist es auch, dass Bayern damals zwei „Flüchtlingswellen" verkraftet und inzwischen gut integriert hat!
Links vom Schulwegerl wohnte Onkel Theo, kurz vor der Kirche. Am Nikolaustag legte ich dorthin eine Mutprobe ab. Ich war vielleicht 10 Jahre alt. Wie üblich waren im Geschäft einige Männer, die dort ihr Bier tranken und vom Krampus Schauergeschichten erzählten. Papa fragte mich, ob ich mich traue, bis zum Onkel Theo zu gehen. Als Belohnung dürfe ich mir ein großes Spielzeugauto aussuchen. Obwohl ich große

Angst hatte, konnte ich nicht widerstehen und wagte mich in die Dunkelheit hinaus. Als mir auch noch Schritte entgegenkamen, drückte ich mich in den vorhandenen Graben und das Herz schlug mir bis zum Hals. Dann lief ich schnell zum Onkel und wieder zurück, nachdem ich dort Bescheid gesagt hatte.

In der Zeit vor Weihnachten gingen wir in Gruppen zu dritt oder zu viert maskiert auf „Klopfersnacht". Ich hatte mir das Gesicht mit Ruß geschwärzt und war unkenntlich verhüllt. Wir klopften an die meisten Haustüren und sagten unser Sprüchlein auf. Dann erhielten wir fast immer ein paar Gaben, Nüsse, Kletzen oder gar Orangen oder Lebkuchen, auf jeden Fall begehrte, weil seltene Schätze. „Heut auf d`Nacht is Klopfersnacht. Wer hat`s aufbracht? Der alt Bauer is über d`Stiagn (Treppe) owegfalln und hat se d`Boal (Knochen) obrocha. Wer muaß`s büssn? D`Bäurin mit a Schüssl voll Kletzn (Dörrobst). Heraus, heraus oder mir stechan a Loch ins Haus!", ist mir noch in Erinnerung. Heute hat sich das in „Halloween" verwandelt und statt Kletzn gibt es Euros.

Was ist ein echter Münchner?

Dies scheint eine leicht zu beantwortende Frage zu sein. So manchem fällt da sofort das Urbild eines Volksschauspielers ein, wie er in vielen Vorabendprogrammserien zu sehen ist. Findet man ihn auch in Wirklichkeit so einfach? Man begebe sich in die bayerische Landeshauptstadt und sehe sich aufmerksam um! München: Bayern, Amerikaner und sogar Preußen lassen dieses Wort genussvoll auf der Zunge schmelzen.
München: Weltstadtflair und Hinterhöfe, Messen und Frauendom, Stachus und Viktualienmarkt, Matthäser und Flaucher, Englischer Garten und Hypobabelturm, Grünoasen und Betonschluchten.
Münchner Innenstadt: Hyppodrom für Benzinrossherden, Volksmarscharreal für plastiktütenbewaffnete Schlussverkaufsheere kaufnärrischer Hausfrauen, Sammelsurium eines Kaleidoskops von Weltbewohnern.
Wie ist denn nun der echte, typische Münchner? Lederhosenbewehrt, gamsbartgekrönt, wadlstrumpfgeschmückt und hirschfängerbewaffnet oder u-bahnfahrend im farblos grauen Anzug mit Aktentasche und Büropflichtblick?

Verbirgt er sich etwa hinter dem dauerwellengekräuselten „Nadelstreifennobelgarnbesitzer" im neusten BMW, der gerade in einem der Maulwurfsgänge des Untergrunds verschwindet?
Es kann jeder der drei sein oder auch keiner!
Der erste könnte ein Berliner auf Bayernurlaub, der zweite ein Posthauptsekretär aus Starnberg oder Erding und der dritte ein Römer oder Pariser mit Leihwagen auf Geschäftsreise sein.
Entscheidend ist wohl nicht das Aussehen, sondern das Verhalten:
Die selbstverständliche Art, einfach da zu sein, sich auszukennen, zufrieden zu sein und trotzdem ständig etwas zu grantln (meckern); beweglich, ohne zu hetzen, genießerisch, ohne Gier, schweigsam oder ausdrucksstark, mit wenig Worten, je nach Situation.
Der echte Münchner war noch nicht in allen Sightseeingtankstellen, kennt aber sein Stadtviertel, die Häuser in seinem Marschradius und die Eckerl, wo sich ein Verweilen, ein Plausch lohnen, wie im Schlaf. Er grüßt durch Blickkontakt oder gar durch ein kurzes „S´God! (Grüß Gott!)" an die tausend Mitmünchner. Er fragt sich vor

allem gar nicht, was er tun müsste, um als Münchner zu gelten.
Grundbedingung dafür ist die Tatsache, dass man hier geboren wurde oder zumindest ein halbes Leben lang die föngeschwängerte weißblaue Münchner Luft suchterregend eingeatmet hat. Demzufolge kann der typische Münchner auch kaffeebraun, chinagelb oder sonstwiefarbig sein! „Hauptsach koa Preuß"! (Hauptsache er ist kein Preuße!) Oder doch? Auch der kann Münchner sein! Wie das? Preuß zu sein, ist wieder eine Verhaltensfrage. Dieser ist meist der Gegenpol zum Bayern:
überlaut, knallig, wortreich und -gewandt.
Das ist eigentlich etwas, was auch der Bayer sein kann:
urig, krachert gscheert (deftig gemein), den Nagel mit gesetzten Worten auf den Kopf treffend! Irgendwie scheinen sie sich ähnlich zu sein, sind aber trotzdem nicht zu verwechseln.
Unverwechselbar bleibt auch der echte Münchner. Man sollte jedoch genau hinschauen und wissen, worauf man achten muss. Wo trifft man ihn denn hauptsächlich? In der Innenstadt, im Olympiagelände, im Englischen Garten oder gar in Nymphenburg bei einer Schlossbesichtigung in

der Schönheitengalerie? Weit gefehlt! Am ehesten findet man ihn draußen vor der Stadt: am Starnberger See oder Ammersee, auf der Autobahn Richtung Berge oder an einem Waldrand im Umland, auf der Flucht vor dem umschlingenden lauten Häusermeer.

Kurzfristig ist er schon geflohen, aber langfristig verließ er den Millionenleib wohl nur wegen des Genusses, wieder heimkehren zu können, heim in die vertrauten Winkel des Hinterhofes, zur gewohnten Großstadtmelodie, zu den Schaufenstern der Wirtschaftswunderwelt und zum unverwechselbaren Geruch im Treppenhaus des Mietshauses, welcher ihn streng riechend, aber auch willkommenheißend begrüßt und ihm beruhigend versichert: „Iatz bist wieder dahoam!" (Jetzt bist du wieder zu Hause.)

An einem Feiertag hat man stets den Eindruck, München gehöre den Gastarbeitern, die man inzwischen ausländische Arbeitnehmer nennt und den Touristen, den Amis, Franzosen, Italienern, Japanern und nicht zuletzt den Preußen, die viele Bayern sogar noch außerhalb des Auslandes ansiedeln, zumindest gefühlsmäßig. Bei so viel auffälligem fremdem Volk ist der Münchner nur schwer zu erkennen.

Trotzdem ist er unauffällig vorhanden: Als Verkäufer, Polizist, Kellner, Gassiführer einer Promenadenmischung, Biergartenstammtischbesetzer oder traumwandlerischer U- oder Trambahn-Sitzer. Natürlich kann jeder von ihnen aber auch „nur" ein Pendler aus der Umgebung sein, welche zu Zigtausenden tagtäglich zur Arbeit hasten und das Innenstadtskelett mit Leben erfüllen.

Für den Münchner ist die Millionenstadt wohl nur ein Dorf, weil er sein fest umgrenztes, überschaubares Revier hat.

Er ist Stamm-Münchner: Er hat sein Stammlokal, seinen Stammtisch, seine Stammtischspezln, Stammwege, er führt seinen Zamperl ohne Stammbaum an Stammpinkelalleebäumen vorbei und er zieht seine Runden durch die immer gleichen vertrauten Lokalitäten.

Er schneidet sich stets das gleiche Stückchen aus dem riesigen Großstadtkäseleib, kennt sozusagen jedes Löchlein in seinem Münchner Käseeckerl und fühlt sich darin geborgen, unberührt von der drückenden Fülle der Häuserschluchten und des Menschenauflaufs.

Der Beni und der Lenz, der Toni und der Alois, der Sepp und der Wast sind also weniger

Münchner, als Giesinger, Allacher, Pasinger oder Schwabinger!
Wie wirkt München dagegen auf einen der Landmenschen aus dem weiten Radius rund um die bayrische Metropole, z.B. auf den Verfasser dieser Zeilen?
Für viele sicher wie eine lockende Spinne mit bedrohlichem Stachel (Stachus?), wie eine Hure, kurzfristig lockend, aber letztendlich beängstigend. Ein Tag zu Besuch: in Hellabrunn, in der Fußgängerzone, im Valentinmusäum, im Botanischen Garten, im Deutschen Museum, in einem der zahlreichen Theater zur jährlichen Kulturvorratsimpfung oder zur kulinarisch deftigen Sättigung der leiblichen Bedürfnisse auf dem Oktoberfest oder Nockherberg.
„Schee war´s! (Schön war es!) Aber dort leben? Eingesperrt und abgasbombardiert? Na, gar nia (Nein, auf keinen Fall!)! Schnell wieder hoam (heim) bis zum nächsten Besuch: Großstadtluft schmecka (schnuppern) und a wengerl (ein bißchen) Kultur einschnaufa (einatmen), damit da geistige Horizont wieder neu gweißlt (getüncht) ist, etliche Monat lang!
A jedm halt wiar'as gwöhnt is! (Jedem so, wie er es kennt!) Und: „Dahoam bleibt dahoam!"(Zuhause

ist es am Schönsten!) Das gilt auch für den echten Münchner, den nach etlichen Stunden frischer Landluft unweigerlich das Heimweh packt, nach dem schwer zu beschreibenden Gefühl der Zufriedenheit, welches sich bei jedem Menschen eben nur daheim einstellt!

Frauendom und Marienplatz mit Rathaus

Gefangen unter dem Stachus

Jeder typische Landbewohner liebt die beschauliche Ruhe des Landlebens. So ist es ihm ein Greuel, wenn er von Zeit zu Zeit in das Millionengewimmel einer Großstadt eintauchen muss. Auch ich hatte kürzlich wegen dringender Geschäfte in der weiß-blauen Landeshauptstadt zu tun. Trotz meiner „landluftidyllgestärkten Bierruhe" erhöhte sich mein Pulsschlag beträchtlich, als ich mich dem Wirrwarr von Fahrspuren, Einbahnstraßen und Hinweisschildern in und um die Münchner Innenstadt näherte. Eigentlich hätte ich ja auf die Ratschläge von Verkehrsexperten hören und die Angebote des Münchner Verkehrsbundes benutzen sollen! Eine S-, U- oder Trambahnfahrt ist nicht nur stressärmer, sondern entlastet die abgasgeplagte Luft und die zähflüssigen Autoschlangen. Was bleibt einem jedoch übrig, wenn man auch noch gewichtige Lasten befördern muss? Man greift auf das beliebteste Fortbewegungsmittel zurück. Man setzt sich in sein wachsgeschütztes und cockpitsprayglänzendes Automobil und nähert sich dem Ziel. Als ich mein Blechross gegen „Minga" steuerte, quälte mich bereits an der

Stadtgrenze die Frage, ob ich wohl einen Parkplatz finden würde. Sollte ich auf mein Glück vertrauen, dass ich eine der heißumkämpften Viermeterlücken in einer der Seitengräten des Gerippes der Sonnenstraße zwischen Sendlinger Tor und Stachus finden würde? Die Gefahr, das Opfer der allgegenwärtigen Politessen zu werden, war mir doch zu groß. Lieber wollte ich die Hälfte einer Strafzettelgebühr als Obulus zu einem der Autokeller im durchwühlten Münchner Untergrund entrichten. Weil zentral gelegen, fuhr ich von Riem herkommend, über die Prinzregentenstraße schnurstracks zur Haupthöhle im riesigen Ameisenhaufen, zur Stachus-Tiefgarage. Garage ist ein irreführender Name, weil man sich, um einen Rastplatz für seinen fahrbaren Untersatz zu ergattern, in Serpentinen in den Schoß der Erde wühlen muss. Außerdem findet man sich dort, anstatt in der Enge der heimischen Garage, in einem weiträumigen, vielstöckigen Ballsaal für Autos wieder. Ob ich auch etwas wiederfinden würde, mein Auto nämlich, war mir beim Aussteigen leicht ungewiss. Ich hatte von der schier endlosen Kurverei bereits einen leichten „Drallawatsch" (Drehwurm).

Gott-sei-Dank stand ich nicht weit weg von einem der Aufzüge, der mich und meine Last magenunfreundlich rasch ans Licht der Oberwelt bringen würde. Meine dringenden Geschäfte bestanden darin, die sichtbaren Produkte meines reimlustigen Unterbewussten, meinen ersten Mundart-Gedichtband, tröpfchenweise an den Mann zu bringen. Da ich dies nicht wie der „Billige Jakob", z.B. am Eingang zum Hauptbahnhof tun wollte (übrigens ein äußerst ungeeigneter Ort! Wer verstünde dort Bayrisch?), blieb mir nur der beschwerliche Weg zu den Münchner Buchläden mit ihren überquellenden Bavarica-Regalen. Ob sich dorthin überhaupt genügend Mundartgedichtfreunde verirren würden, die noch dazu das sozusagen selbstgestrickte Büchlein eines Poeten mit dem noch nie gehörten und geradezu antibayrischen Namen Dieter Achtnichts auch nur in die Hand nähmen?

Dies war eine dämpfende Überlegung, welche das mulmige Gefühl in meinem Mittelbereich beim Aufwärtsgleiten im Fahrstuhl nur verstärkte. Da stand ich nun, zur Feier des Tages elegant und großstadtgemäß gekleidet, in schwarzweißer Ledermontur. Weil ich nicht wie ein Hausierer mit einem Rucksack aufkreuzen wollte, hatte ich mir einen handlichen, schicken Diplomatenkoffer zugelegt. Dieser hatte neben dem Nachteil des deftigen Anschaffungspreises auch noch das Manko des Platzmangels. Ich konnte darin nur ein Dutzend Bücher unterbringen.

Diese erste Ladung trug ich schnurstracks zum Eldorado für Bücherfreunde, zum Hugendubel am Marienplatz. War es ein Moment menschlicher Schwäche des Einkäufers oder standen gar meine Sterne günstig? Nach kurzem Verkaufsgespräch versteckten sich meine zwölf Lieblinge schüchtern irgendwo im Dschungel der Bavarica-Ständer. Die Parkgebühr war immerhin verdient. Vor allem waren wieder einige Bücher, der für mich gewaltigen Auflage von 500 Stück, abgesetzt. Diese Zahl war nötig, damit mein Selbstkostenpreis unter den Einkaufspreis des Buchhändlers gedrückt wurde.

Mit beschwingtem Schritt eilte ich die Fußgängerzone zurück Richtung Stachus. Eine neue Ladung konnte gefasst werden. Vielleicht würde ich die restlichen 40 Bücher doch noch auf Kommission unterbringen können, bevor die zwei Stunden vorüber waren, welche ich mit meiner Frau bis zum Treffpunkt vereinbart hatte. Sie war selbstverständlich mitgefahren, da für Frauen das

Kaufhausschlaraffenland in der Innenstadt eine unwiderstehliche Anziehungskraft ausübt.
Ich hastete von der Bayerstraße her kommend über die Rolltreppe hinunter und stand suchend im Labyrinth der Gänge. Wo war gleich wieder der Einstiegsschacht zur Unterwelt? Irgendwo um eine Ecke an der blau leuchtenden Reklametafel vorbei, auf der eine Zigarettenmarke den Duft der großen weiten Welt verheißt? Nach kurzem Suchzickzack erspähte ich tatsächlich die gierigen Mäuler der Hades-Transporter, leider erst in dem Augenblick, wo sie ihre Kinnladen zusammenschoben und ihren menschlichen Inhalt nach unten schluckten. "Schei......benkleister!" schimpfte ich halblaut. Warten war noch nie meine Stärke gewesen und gerade jetzt pressierte es doppelt! Da fiel mein Blick auf ein Schild über einer grauen Tür: „Treppe". Warum nicht zu Fuß gehen? Für einen Sportler gerade das richtige Training! Tür auf und los! „Ja, da schaut`s aus!", dachte ich mir und tappte im Halbdunkel schimpfend vorwärts: „Typisch Betonarchitektur und nach fünf Meter schon wieder eine Türe. Die dürfte auch wieder mal geschmiert werden!"
Schon schlug sie der Schwung meines grantgestärkten (grantig bedeutet verärgert)

Armes zu. „So ein Schmarrn (Blödsinn)!", schoss es mir durch den Kopf, „Da geht´s ja nicht hinunter, sondern eher hinauf!" Verwundert ging ich vor und stand an einer gewundenen Treppe, die spiralförmig nach oben führte. Perplex drehte ich mich um und las staunend die Anschrift an der Tür: „Notausgang". „Sacke Zement!" (Sack Zement: Fluchersatzwort), fluchte ich leise. „Schon wieder eine Minute vertrödelt! Nichts wie zurück!" Leicht gedacht, aber die Tür klemmte wohl! Unruhig stellte ich den Koffer ab und packte mit beiden Händen zu. Sie erraten es wohl schon! Das Klemmen war zu einem Dauerzustand geworden. „Ja, da legst dich nieder! Gibt´s denn so was? Dir werde ich schon noch her!", nahm ich mir vor und traktierte die graue Sperre noch vehementer als vorher. Erfolglos! „Hej, hallo! Hört mich jemand?", rief ich zuerst tastend und dann immer lauter anschwellend. Nach einiger Zeit wurde mir das dann zu dumm, und mein Gehirn begann zu arbeiten: „Bist du tatsächlich eingesperrt? Anscheinend hast du an der Kurve zur Eingangstür den Notausgang erwischt. Da geht gewiss kein Zweiter so blind hinein wie du! Was machst du jetzt bloß?" Nachdem nicht nur die Wurst zwei Enden hat, musste doch auch der

Gang ein befreiendes, zweites Ende haben! Bei jedem Aufwärtsschritt schrumpfte meine Hoffnung jedoch beträchtlich. Die Decke des Ganges wurde immer niederer und endete schließlich unter einer riesigen Eisenplatte. Dort konnte ich kaum noch stehen. Verwundert hörte ich bekannte Geräusche: Stimmen, Schuhgeklapper, Straßenlärm. Ich war also dicht an der rettenden Oberfläche! Das Eisenhindernis, an dem ich zaghaft zu rütteln versuchte, hatte beängstigende Dimensionen. Es bestand aus sechs Segmenten, welche einen Kreis von zirka 1,50 Meter Radius bildeten. Alle Anstrengungen halfen nichts! Schon befiel mich ein drückendes Gefühl von angstvoller Hilflosigkeit. Was würde meine Frau denken, wenn ich nicht am Treffpunkt wäre? Wie lange sollte ich hier eingesperrt sein? Da erblickte ich kaum erkennbar am Halbrund des Betontreppenabschlusses eine Art von Telefon. „Gerettet!", war mein erster Gedanke, „Scheiße!", mein zweiter! „Was für eine Schererei, was für eine Blamage! Ob mich die Polizei oder gar die Feuerwehr hier rausholen muss?", fuhr es mir durch den Kopf. Ich wäre am liebsten im Boden versunken, was allerdings die falsche Richtung gewesen wäre! So griff ich entschlossen zum

Hörer und lauschte. Nichts! Kein Tuten, kein Knacksen! Keine Bedienungsanleitung! „Verfluchte Technik!", schimpfte ich, mehr verzweifelt als wütend. Nach einer Minute ratloser Stille rief ich hilfesuchend nach oben: „Hallo, kann mir jemand helfen? Kann mir jemand den Ausstieg öffnen?" Die Stimmen wurden lauter, Schritte hielten an und Fußsohlen scharrten metallisch. „Wer ist dort unten?", fragte es verwundert zurück. Automatisch hatten meine Augen weiter forschend herumgesucht und tatsächlich etwas entdeckt, eine Art von Hebel, knapp hinter dem Telefon. Ich hatte ihn vorher im Halbdunkel meines Verlieses gar nicht bemerkt. Schon zuckte meine Hand vor und zerrte daran. Die Reaktion ließ nicht lange auf sich warten. Sie war so verblüffend, zuerst akustisch und dann optisch, dass ich bei jedem Blödschauwettbewerb den ersten Preis gewonnen hätte!
„Srrrr...!", ein Geräusch wie von der Laderampe eines Lieferwagens schwoll rostig an, und das sechszahnige, eiserne Haifischmaul fing an, sich knarrend zu bewegen. Mit langsamer Gleichmäßigkeit enthüllte sich über mir die unwirklich scheinende Außenwelt. In dem Augenblick schien es mir, als sei ich gar nicht hier

in der Realität vorhanden und alles sei nur ein groteskter Traum! Durch den blendenden Lichteinfall verzerrte sich das, was ich sah, ins Irreale.

Dämonenartige Fratzen schienen mich wie durch eine Taucherglocke anzustarren. Die Gesichter bildeten einen Ring über einem seltsamen Wall aus Beinkleidern, die nun dichtgedrängt den Zwischenraum, der schräg in den weißblauen Himmel stehenden Segmente, ausfüllten. Drunten stand ich, ein Häuflein Elend, zumindest innerlich, die Zielscheibe fragender Neugier, der Mittelpunkt staunenden Interesses.

Was hätten Sie getan in besagter Situation? Wie ein Mittelstürmer vor mehreren Abwehrspielern entschied ich mich für den überraschenden Angriff. Ich stellte mir blitzartig vor, was die Leute wohl dächten, wofür sie mich wohl hielten. Sie mussten doch auch sehr verwirrt sein! So mancher mag ganz schön erschrocken sein, als unter ihm plötzlich der Gehsteig zu beben anfing, ihn etwas anhob, so dass er entdeckte, wie gut und schnell er noch seitwärts springen kann! Ich möchte Sie noch ergänzend daran erinnern, welchen Anblick ich den verblüfften Gaffern bot: Piekfein angezogen, schwarze Lederhose und Stiefeletten, in der Hand den eleganten Diplomatenkoffer und als Kontrapunkt eine weiße Nappalederjacke, wie Graf Knox auf dem Gang zur Bank oder wie ein Oberinspektor auf Inspektionsgang in der Unterwelt.

„Gell, da schaut ihr! Bin ich da richtig, am Stachus?", krächzte ich mit aufregungsheiserer Stimme, aber so bestimmt, als sei gar nichts Besonderes geschehen. „Ja, wie kriegen wir dieses Loch jetzt wieder zu?", ergänzte ich sachlich und kletterte die letzten Stufen aufwärts. Ich wackelte prüfend am nächsten Segment und siehe da! Es bewegte sich federnd zurück. Sogleich trat mein Fuß nach, und schließlich senkte es sich unter dem Gewicht meines daraufhüpfenden Körpers in die ursprüngliche Lage zurück und rastete ein. Ebenso verfuhr ich mit den anderen fünf Störenfrieden, die überraschungs- und schreckensverbreitend die friedlich dahineilende Fußgängerherde bedroht hatten.

„So, das wäre geschafft!", verkündete ich fröhlich, befreit im wahrsten Sinne des Wortes. Unter den noch immer staunenden Blicken des zahlreichen Publikums, das sich wohl nur durch die übergroße Verblüffung vom Beifallsklatschen abhalten ließ,

streifte ich säubernd meine Hände aneinander und ergriff mein Köfferchen. Nachdem sich das Tor zur Münchner Unterwelt so schnell und komplikationslos wieder geschlossen hatte, löste sich der Bannkreis der Passanten ebenso rasch auf, wie er entstanden war. Jeder setzte seinen Weg fort. Der breite Bürgersteig bot wieder den gewöhnten Anblick, bis auf mich, den ledergekleideten, aber nicht ruhmgeschmückten Poeten von auswärts, der mit schweißgeperlter Stirn noch immer auf der Stelle verharrte, sich aber dann besann und sich schnell verdünnisierte. Fünfzig Meter weiter hastete ich die Rolltreppe hinunter zur Stachus-Passage. Diesmal sperrten die beiden Aufzüge bereitwillig ihre Kinnladen auf. Mit Schaudern streifte mein Blick die graue, unscheinbare Tür, welche für mich eine Viertelstunde Abenteuer in der Münchner Unterwelt bedeutet hatte.
Eben kommt mir die Idee, dass es wohl keine extravagantere Gelegenheit mehr geben wird, einem überrascht-gebannten Zuhörerkreis eine Auswahl meiner Gedichte vorzutragen, als nach meinem damaligen Emporsteigen aus dem Münchner Hades! Die Leute hätten es wohl als einen Werbegag angesehen und gewiss schon

deswegen interessiert gelauscht. Im Notfall könnte ich die Aktion ja nochmals wiederholen und dann die Presse einladen! Wie soll man denn ohne spektakuläre Schlagzeilen bekannt werden? Immerhin habe ich Sie, liebe Leser dieser Zeilen, von meinen literaturverbreitenden Bestrebungen in München in Kenntnis gesetzt. Nun möchte ich meine Geschichte noch abrunden.

Als ich eine Stunde später mit meiner Frau, vom Hauptbahnhof her kommend, in Richtung Kaufhof ging, konnte ich ein mir bekanntes, kreisförmiges Muster im Boden entdecken. „Du, Schatz, siehst du das da? Aus so einem Loch bin ich heute schon mal heraus gekommen!", eröffnete ich in belustigtem Tonfall meiner Angetrauten. Diese schaute mich ungläubig an und fühlte sich wohl auf den Arm genommen, jedenfalls solange, bis ich ihr die Story erzählt hatte, die Sie bereits kennen. Wenn Sie auch meinen, einem Dichter sei die Phantasie durchgegangen, gibt es eine einfache Möglichkeit der Wahrheitsfindung: den Weg zum Notausgang! „Glück auf! Die Falle zur Münchner Unterwelt wartet!" PS: Unglaublich, aber wahr: Ich habe es noch einmal versucht! Die Tür war VERSCHLOSSEN!

Der Mörder ist immer der Gärtner!

Als Haus- und vor allem als Gartenbesitzer bist du glücklich zu preisen! Du weißt immer, was du zu tun hast! Die kalte Jahreszeit, Herbst, Frühling und Winter seien hier nicht angesprochen. Die feuchte Zeit über, also während des Sommers, findet der Spatenjongleur ständig irgendeine Arbeit im Garten. Dies ist auf jeden Fall gesünder, als wenn man vor der Glotze sitzt und einen der ewigen Wiederholungsspielfilme wiederkäut.
Selbst bei einem Krimi fehlt häufig die Spannung, da der Kenner das Strickmuster bereits kennt: Der Mörder ist immer der Gärtner oder eine entsprechende Randfigur! Dies ist das passende Stichwort. Ich wollte ihnen nämlich eigentlich weniger etwas über Freizeit und Fernsehen erzählen, als sie vielmehr auf den Zusammenhang von Mord und Garten aufmerksam machen!
Es heißt, dass jeder Mensch ein potentieller Mörder ist. Wenn man diesen Begriff so definiert, dass Mord die beabsichtigte Tötung eines Lebewesens ist, trifft diese Behauptung sicher zu. Wenn es zu dämmern beginnt und sich die Gras-, Klee-, Löwenzahn- oder sonstige

Grünkrautbedeckung des Gartens mit Feuchtigkeit überzieht, zieht es auch anderweitig: Die oben angesprochenen Millionen von wiederholungsfilmbefreiten Fernseh- und Gartenbesitzer zieht es hinaus ins Freie. Dort sitzen sie aber nicht entspannt auf der Gartenbank und sehen dem Gemüse neugierig und erwartungsvoll beim Wachsen zu. Nein! Sie pirschen entschlossen los und in ihren Augen blitzen Mordgedanken. Trotz der bösen Absichten zeigt sich hier jedoch wieder einmal, dass jeder Mensch ein Individuum ist! In wahrhafter Kreativität hat jeder der Feierabendmörder seine ihm eigene, mehr oder weniger wirkungsvolle Vernichtungsmethode entwickelt. Man müsste in Intelligenz- und Eignungstests die Kandidaten danach befragen, welche Tötungsart sie anwenden würden. So erhielte man signifikante Aussagen über Einfallsreichtum und vor allem über ihren Charakter! Während viele zu primitiven Tötungsmitteln greifen, haben einige Gartenfanatiker geradezu künstlerisch anmutende Mordverfahren entwickelt: Allabendlich schleichen diese Killer mit mehr oder weniger sanften Schritten rund um ihre Freizeitoase. Besonders Frauen setzen sich dabei voll ein und über geschlechtsspezifische Schranken hinweg. Beim Umkreisen ihrer Salatquadrate und Möhrenrechtecke tappen sie in gebückter Haltung vorsichtig dahin, die Augen tastend auf den Boden gerichtet. Ein ungeprüfter Schritt und schon ist es geschehen! Ein schriller Schrei durchschneidet markerschütternd die Dämmerung: "Iiiihh, - Iiiigitt!" Dann ist es aber schon zu spät! Die Sohle der Gummistiefel isoliert zwar die zarten Flächen vor der glitschig-schleimigen Masse des Opfers, aber sie verhindert nicht das Durchdringen des ekligen Vorgangs ins Gehirn der Stiefelbesitzerin, wo das Geschehen sekundenschnell rekonstruiert und ekelerregend ausgemalt wird und sich schrei- und schockerzeugend einbrennt. Wenn man Glück hat und nur auf eine (Sie haben es mit krimi-erprobtem, detektivischem Scharfsinn sicher schon nach wenigen Zeilen herausgefunden!) SCHNECKE mit Gehäuse getreten ist, rutscht man zwar nicht aus. Das Krachen, welches beim Zerbrechen des kalkigen Domizils entsteht, scheint sich aber direkt über Füße und Körper ins Gehörzentrum fortzupflanzen, um dort vielfach verstärkt zu explodieren! Trotz dieser typisch weiblichen Überreaktion wird den Frauen immer wieder von zartbesaiteten Ehegatten die Vernichtung der gefräßigen Salatvertilger zugeschoben. Vielleicht sind diese auch nicht so einfallsreich oder einfach nur zu faul! Einige behaupten auch, sie hätten gerade keine Zeit, weil sonst das frisch eingeschenkte Bier lasch und damit ungenießbar würde. Andere versichern (entgegen gefestigter eigener Überzeugung), die Frauen seien eben phantasievoller und tatkräftiger. Wenn sich wirklich einmal ein Mann in einem Moment der Schwäche bereit erklärt oder von einer resoluten Ehefrau zu der abscheulichen Aufgabe durch Infragestellen gewisser Annehmlichkeiten erpresst wird, erkennt man dies einen Tag später an den hässlichen Spuren der stümperhaften Tat! Wie ein Büffel stampft der missgestimmte Mann von Ziel zu Ziel, die wehrlosen Opfer gefühllos, aber treffsicher zermalmend. Am nächsten Morgen müssen die Kinder aufpassen, dass sie beim Fußball- oder Federballspielen nicht ausrutschen und auf die Nase fallen, bzw. mit derselbigen in allzu nahen Kontakt mit den schleimigen, zermantschten Leichen geraten. Ein nicht gutzumachender Schock für das spätere Leben könnte die fatale

Folge sein! Wie vielfältig und verfeinert weitere Methoden und Möglichkeiten sind, möchte ich der Einfachheit halber nur vage andeuten. Somit bleibt Ihnen das Grauen erspart, das Ihnen bei genauerer Schilderung gänsehauterzeugend über den Rücken bis ins albtraumerregende Unterbewusste liefe. Ich möchte damit auch von voneherein etwaige Schadensersatzansprüche von Krankenkassen abwenden, weil die so Geschädigten eine Psychotherapie brauchen. In der Reihenfolge der Praktiken liegt eine Gewichtung von der einfachen Tat bis hin zur ausgefeilten Technik: Die erstere wurde bereits geschildert – das rasche Bedecken der Schnecken mit den Zehenbehältern. Genauso brutal, jedoch zielsicherer ist folgendes, man könnte sagen, hausfrauentypisches Vorgehen: Scherengewöhnte Hände machen mit sicherem Schnitt den bräunlichen Salaträubern den Garaus. Den Beweis dafür, dass das grüne Blatt ihre Lieblingsspeise ist, liefert der aus den getrennten Leibesteilen hervorquellende grünlich dampfende Verdauungsrückstand. Diese "Hausfrauenscherenmethode" empfiehlt auch der "Bund Naturschutz", sicher zu Recht wegen der schnellen Erledigung. Die glitschigen Spuren der

Untat zieren auch dabei noch tagelang die Tatorte, allerdings immer kleiner zusammenschrumpfend und immer weniger hals- und beinbruchgefährlich. In einem Biologiebuch habe ich gelesen, es sei empfehlenswert, die Schleimviecher mit heißem Wasser zu überbrühen. Dieser Rat scheint dubios zu sein! Erstens wäre das Energieverschwendung, und zweitens könnte man sich womöglich selbst brennen. Ich habe wohl auch an Weinbergschnecken gedacht, welche in Knoblauchsoße getaucht, den Gaumen kitzeln sollen. U.....h! Von anderer Seite wird geraten, die Weich – und Schleimtiere einzusammeln. Wie denn, was denn? Diese Dinger mit der Hand anfassen? Oder mit Gummihandschuhen? Nach dem 100. Tier (Manche zählen mit und verhaspeln sich bereits nach dem 73. Kübelinsassen) ist der Gummi so glitschig, dass man, bzw. Frau, die Sache sprichwörtlich nicht mehr im Griff hat. Deswegen jagen einige mit Spitzwerkzeugen, was wiederum nicht sehr human ist. Ich habe aber auch schon bandscheibengeschädigte Jäger gesehen, die wie Parkwächter das Papier, die Schleimis mit nagelgespickten Stöckchen in ihre Beutebehälter füllten. Ein Bekannter sammelte die

Tierchen mit Schäufelchen und Besen ein und wälzte die Verantwortung auf die Müllabfuhr ab. Als seine Frau am nächsten Morgen zur Mülltonne ging und den Deckel öffnete, alarmierte ein besorgter Anwohner die Polizei, weil er einen Unfall vermutete, bei dem Schrei! Der unvermutete Anblick Hunderter von Nackt- und Häuschenschnecken in allen Größen und Varianten, sich auf dem Tonnendeckel mosaikartig umringend und verschlingend, hatte sie wohl zu dem urigen Gebrüll veranlasst! Kein Wunder, dass sie bei so vielen Schnecken einen Schrecken bekommt!

Vorausblickende Salatschützer und Ehegattenschockbewahrer vereiteln die Fluchtgefahr dadurch, indem sie den Kübelinhalt in Plastiktüten füllen, zubinden und erst dann in die Tonne werfen. (Man vermeidet eine zusätzliche Geruchsbelästigung der riechorgangeschädigten Müllmänner.) Aus humanitären Gründen würzen sie den schleimigen Inhalt mit einer kräftigen Prise Salz, um den armen Kreaturen den qualvollen Tod zu "versüßen". Was für ein Paradoxon! Sie sterben dann kürzer, aber heftiger und schäumen sogar sprichwörtlich vor ohnmächtiger Wut.
Das brisante Thema scheint sich letztlich an der Frage zu entscheiden: Was spürt denn so ein hirn- und gefühlloses(?) Geschöpf? Das zuckende Sich-Winden ist sicher kein Zeichen von Wohlbehagen. Muss ein Tier erst schreien, um seinen Schmerz zu dokumentieren?

Vielleicht ist das Problem auch auf natürlichem Wege zu lösen! Soll man genügend Salat anbauen und den Schwund in Kauf nehmen?
Das hieße der Natur ins Handwerk pfuschen! Eine Überbevölkerung brächte das ökologische Gleichgewicht in Unordnung. Ja, womöglich ist

gerade die Ökologie schuld an der Schneckenplage! Gab es früher weniger Schnecken oder weniger Futter, weil auch weniger Hobbygärtner? Jedenfalls sollte man versuchen, ob man das Problem nicht natürlich lösen kann! Da in der Natur jeder jeden frisst, braucht man doch nur genügend Schneckenfresser! Das Räuber-Beute-Verhältnis muss auch in der anderen Richtung ausgeglichen werden! Mir fällt da gleich der Igel ein. Pro Garten wäre allerdings eine ganze Igelmannschaft nötig. Und immer nur derselbe Fraß? Da möchte man kein Igel sein! Beim allabendlichen Besichtigungsgang um das eigene Freiluftparadies müsste der Frischluftgenießer dann nicht nur auf die glitschigen Schreiverursacher aufpassen. Man könnte aus Versehen im Halbdunkel ja auch auf einen der schneckenjagenden Stachelträger treten, was Barfußgänger aber sofort bemerken würden. Ja, dann schaffe dir doch Enten an! Jeder weiß, wie eifrig dieses Federvieh Schnecken verschlingt. Die Wackeltiere sind auch nicht so wählerisch und vor allem widerstandsfähiger gegen das Schneckengift, das dem Igel so schwer im Magen liegt. Der Gourmet denkt auch an den schönen, knusprigen Sonntagsbraten, wobei mir gleich das Wasser im Munde zusammenläuft! Ihnen vielleicht nicht, weil Ihnen gerade eingefallen ist, was sich zu Lebzeiten der Schnecken-Massengräber in der zart duftenden Entenbrust abgespielt hat. Außerdem hat der Schlafwandler seine Sorgen mit den unverdaulichen Rückständen der Watschler. Diese werfen ähnliche Probleme auf, wie schon bei den Schnecken beschrieben wurde. Nun gut, dann muss es eben ohne Mordhelfer gehen! Den Zartbesaiteten bleibt so nur noch der gewissensbelastende, weil inzwischen verpönte Griff zur Chemie. Schneckenkorn, den Schnecken gewiss ein Dorn im nicht vorhandenem Auge, möglichst flächendeckend gestreut, schmälert zwar den Geldbeutel, bringt aber eine gute Tötungsquote; leider auch bei nicht gemeinten Adressaten. Manche behaupten auch, dass ihr Salat seither irgendwie nach Chemie schmecke. Den Körnersüchtigen dagegen schmecken die gefärbten Körner recht gut, zumindest anfangs – bis sie ein wenig appetitanregendes, gelbschäumendes Ende nehmen und anklagend diejenigen Fressplätze flankieren, die von ihnen unbedachterweise, auch vom Raubtier Mensch beansprucht werden. Ja, nichts als Ärger hat man mit den gefräßigen Kriechbestien!

Für den Herrn Regierungsrat Pürzel allerdings hat das allabendliche Jagddrama auch seine positiven Seiten. Er zog vor zwei Jahren aus der Stadt in unser Dörfchen und ist seitdem unumschränkter Herrscher über das Territorium eines neualpenvorländischen Siedlungshäuschens, zumindest, was den Garten betrifft. Innerhalb des Gemäuers herrscht mit staubfressendem und widerspruchsvernichtendem Besen die Frau Regierungsrat Kunigunde. Er nennt seine bessere Hälfte mit 180 Pfund Lebendgewicht wohl als Ausdruck zaghaften Aufbegehrens allerdings verharmlosend "Mein liebes Gunderl"! In seinem mistgedüngten und brennesselgespritzten Garten darf und muss er werkeln, wie es den Grundsätzen des biologischen Anbaus und den Anordnungen seines „Gunderls" entspricht. Die unbarmherzige Schneckenjagd ist ihm ein vorzügliches Mittel zum Aggressionsabbau. Auch seine Gesprächsthemen sind profaner und damit dem ländlichen Raum angepasster geworden. Anstatt über das Flüchtlingsproblem und EU-Krise, das Waldsterben oder die künstlerische Frage, ob der Rathausbrunnen mit Klopapier eingewickelt werden sollte, langatmig, aber kurzsichtig zu debattieren, gibt es für ihn nur noch ein Thema: die neueste Schneckenlage und seine persönlichen Erfolge bei der Bekämpfung der seine biologische Selbstversorgung gefährdenden Ungeheuer. Wer keinen solchen Aggressionsstau hat, dem sei folgendes Vorgehen angeraten. Er tarne sich als harmloser Spaziergänger, öffne seinen Rucksack und entlasse seine eingesackten Tagetesmörder in einem Wald oder einer Wiese in der Nähe. Die dort ausgesetzten Tierchen (Nicht mehr als zehn pro Quadratmeter!) kommen wegen des bekannten Schneckentempos innerhalb ihrer Lebenserwartung gewiss nicht an die angestammten Fressreviere zurück. Ob den Mini-Schlangen der Ortswechsel bekömmlich ist, kann man bisher wegen fehlender wissenschaftlicher Nachforschungen noch nicht exakt aussagen.

Genau! Die Wissenschaft müsste doch auch helfen können! Warum sollte sie nicht imstande sein, die Flut der kleinen weißen Eier einzudämmen? Beim Menschen hat die Forschung doch schon seit langem ungewollten Nachwuchs verhindert! Ich denke dabei nicht an die seit Aids wieder gefragten Kondome (Was für eine blöde Idee!). Wie macht es der Schleimling eigentlich? Worüber wäre die Samenergussauffangtüte in Miniaturausführung eigentlich zu stülpen? Dann muss eben die Pille her! Wann kommt es endlich? Das „Antibabyschneckeneierkorn"? Womöglich könnte die Ortskrankenkasse die sicher höheren Anschaffungskosten tragen, weil dann die Leute wieder genügend giftfreien Salat zur Verfügung hätten, um sich gesund zu ernähren?

Zum Abschluss der leidigen, aber meines Erachtens längst fälligen Erörterung des quälenden Mordproblems folgt ein typisch bayerischer Vorschlag. Viele Gartenbesitzer wissen, dass Bier nicht nur Tausende in Biergärten zieht, sondern auch die Schleimspurverursacher anlockt, in todbringende, biergefüllte Schalen; allerdings nur für die ersten zwei Dutzend. Die nächsten getreidesaftschlürfenden Artgenossen können zwar leicht schwankend (Wie sagt man denn bei Kriechtieren? Etwa wabbelnd oder sich schleppend?), aber zumindest überlebend über die Bierleichen der anderen hinweg den rettenden Rand erklimmen. Größere Behälter haben sich gerade in Bayern nicht durchgesetzt, da damit zwangsweise auch mehr Lockmittel eingefüllt werden müsste. Da scheiden sich aber dann doch die Geister! Der Bayer vergönnt als Bierliebhaber den Hinscheidenden diesen mehr als humanen Tod, den so mancher auch für sein eigenes Ende als akzeptabel ansehen würde. Aber, da bis dahin sicher noch reichlich Zeit ist, verbringt der Gerstensaftliebhaber diese lieber im Gartenschaukelstuhl sitzend und die Sommerschwüle mit kühlenden Schlucken eines "Weizen" löschend. Dies ist in Bayern möglich, da der Weizen nicht nur in Kornform vorliegt, sondern durch das bayerische Reinheitsgebot flüssig veredelt wird. Deswegen heißt es auch: "Bier ist flüssiges Brot!" Da bei eben beschriebener, durchaus menschlicher Euthanasiemethode dieses kostbare Nass jedoch in so großer Menge benötigt wird und damit das Löschelexier für das eigene kelchförmige Glas zu knapp würde, streicht der echte Biertrinker die Humanität zugunsten der Quantität des eigenen Labsaftes. Ein EG-Abgeordneter hat deswegen den Vorschlag gemacht, das billige Euro-Bier en gros einzukaufen und als Lock- und Betäubungsmittel anzuwenden. Das wäre doch prima! Im Gegenzug sollte subventioniertes bayerisches Bier z.B. nach Frankreich verkauft werden. Die Franzosen könnten ihr schepsähnliches Chemiewässerchen den Kriechis überlassen (europaweit), und viele Arbeitsplätze wären gesichert. Der Haken dabei sind jedoch die Feinschmecker unter den Salaträubern. Ob sie sich überhaupt hinreißen ließen, von dem Zeug auch nur zu kosten? Es wäre wahrscheinlich angebracht, diesen Eurosud schneckengemäß aufzumotzen! Wenn der Alkoholgehalt erhöht und die Chemie beibehalten würde, sollte die Population der Rohkostschädlinge auch ohne Massenmord zurückgehen! Jeder weiß, dass zu viel Alkohol impotent macht! Das Schimpfwort "Du Rauschkind!" widerspricht dem zwar, aber es könnte sein, dass die gelegten Eier durchdringend nach Alkohol schmecken. Welcher Käfer, Engerling oder sonstige Genießer könnte solche Liköreier noch übersehen, bzw. überriechen? Ob dies das Ende der Schneckenplage wäre?

Die Antwort überlasse ich Ihnen, dem kritisch mitdenkenden Leser. Wenn Sie die eine Anregung oder die andere Abschreckung bei der Lektüre dieser ratschlagenden Zeilen erhalten haben, fühle ich mich geehrt! Ergänzende Details oder gar verblüffende neuartige Lösungen bitte ich mir mitzuteilen (Waldemar Gärtner, Mordallee 13, 84428 Grünkraut)! Ich hoffe, dass wir gemeinsam der grausamen Treibjagd auf unsere armen, von Natur aus schon so beschleimten und erniedrigten Mitlebewesen, ein glückliches und dem menschlichen Geist angemessenes Ende bereiten können! Weg mit Chemie und Schere! Zurück zur Natur! Zeigt Zivilcourage und das Rückgrat, welches unsere bemitleidenswerten Schöpfungsgenossen auf Grund ihres Körperbaus nicht besitzen!

So wird es hoffentlich in spätestens einer Generation nicht mehr geschehen, dass die leidende Kreatur auch noch verspottet wird, wenn, wie heute noch allerorts üblich, z.B. der Chef den Untergebenen anbrüllt: "Mensch Meier, ich mach sie gleich zur Schnecke!!"

Daten zum Autor:
- geboren am 20.02.1949 in Vilsheim, Kreis Landshut
- Wohnort: Buchbach, Kreis Mühldorf am Inn
- Lehrer im Ruhestand, verheiratet mit Fini
- zwei Söhne (Tobias und Christoph)
- aktiver Sportler: Tennis und Fußballgolf (WM-Teilnehmer 2014, 2015 und 2016)
- Hobbies: Malen, Fotografieren, Bergwandern

Weitere Bücher bei BOD:

„**Gedankenpfeile**": 42 Texte und Gedichte zu Themen wie z.B. Glück, Gott, Zeit, Umwelt, Tod und Lebensgestaltung werden mit 34 Fotos untermalt.

„**Farbige Gedankenspiele**": 68 Gedichte begleitet von 50 Farbfotos: fantasievoll, witzig, philosophisch
- (demnächst): zwei Mundartgedichtbände (bayrisch, aber „eingedeutscht")